KB076804

신현림의

엄마 계실 때
함께 할 것들

신현림

신현림의

엄마 계실 때
함께 할 것들

신현림 지음

사과
꽃

엄마가 얼마나 외롭고
힘겨웠는지 이제 뼈아프게 깨닫는다.

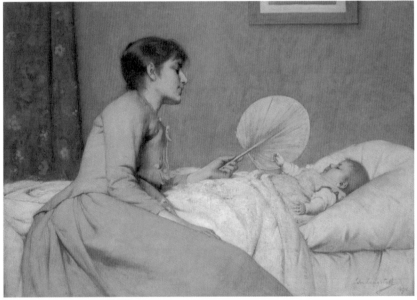

The young mother, John Longstaff, 1891

엄마와 최고의 시간을 누리세요
- 특별판을 내며

가족의 울타리가 몹시 그리운 시대다.
집을 나와 혼자 사는 사람.
형제들과 뿔뿔이 흩어져 1년에
얼굴 한번 보기도 힘든 사람까지 한 공간에서
함께 숨 쉬고 미소짓는 일조차 어려워졌다.
각박해지는 삶 속에서 문자 메세지도 쉽지 않다,
피를 나눴든 아니든 가족의 울타리가 그리운 때
몹시 엄마 생각이 났다. 엄마가 있어 가족은 더 단단했고,
더 따스했기 때문이다.
엄마 생각만 해도 눈시울이 뜨거워진다.
엄마 살아계실 때 잘 해라, 이 말이
왜 그때는 가슴 절절히 와 닿지 않았을까?

자식을 낳고, 키우면서
우리 엄마가 얼마나 외롭고
힘겨웠는지 뼈아프게 깨닫는다.
다시는 못보는 날이 온다.
다시는 보고싶다는 말못할 시간이 온다.
다시는 안아드리지 못하는 시간이 온다

엄마, 미안해요. 사랑해요.
엄마, 너무나 보고 싶어요.

Lisette cousant, assise sous une des tounelle de Marquayrol, Henri Martin

일상의 기적은 가까이 있는데도
미처 깨닫지 못한다. 엄마와 함께
한 시간은 참으로 신비로운 기적이다.
나의 에세이를 세계명화 콜라보로 새롭게 엮었다.
이 책은 엄마와 함께 하는 행복 프로젝트다.
이 책 뒤에 초대한 국내외 시인들의
엄마시들은 엄마의 소중함을 더하였다.
함께 하여 고맙고 따숩다.
특별판으로 당신께 내미는 이 책은
엄마와 함께 나눌 버킷 리스트다.
더불어 엄마인 내게도
딸과 함께 나눌 버킷 리스트다.
여기서 엄마, 란 말에는 아빠도 이어진다.
아빠도 함께 하면 더 기쁘겠다.
이제라도 함께 최고의 시간 누리길 빈다.
딸을 키우며 매일 엄마를 이해하고
엄마를 느낀다. 나직이 엄마를 부른다.

엄마, 미안해요. 사랑해요.
엄마, 너무나 보고 싶어요.

                                    2019. 고마운 봄날 신현림

함께 보낸 시간들, 따뜻한 밥상,
엄마의 목소리. 손길…
모든 기억이 내 안에 녹아 있다.

The Frugal Repast, Emile Friant

살아계실 때 잘하란 그 흔한 말,
그때는 몰랐다

"가족은 따스한 방에서
이야기를 나누는 사람들"이란 말이 있다.
모두 경쟁사회에서 떠밀리지 않기 위해
숨 가쁘게 산다. 여행자처럼 삶을 음미하고
사랑을 누릴 새도 없이 바쁘기만 하다.

길에 멈춰 서서 나는 생각한다.
그렇게 앞만 보고 달리는 사이
정작 소중한 것들을 잊어버린 건 아닌지…….
몸을 덥히는 그 향기로운 방에서
우리는 충분히 사랑하고 사랑받고 있는 걸까?

왜 진작에 나는
엄마와 행복한 시간을 많이 못가졌을까
이 사실이 서글퍼질 때마다
나는 나직이 내 소망을 말해본다.

엄마와 함께 최고의 시간 누리세요
하지만 나는 엄마를 제때 챙겨 드리지 못해
일찍 떠나보내고 말았다.
엄마를 떠나보낸 후 몹시 후회했고,
오래도록 흐느꼈다.
엄마 살아계실 때 잘 해라, 이 말이
왜 그때는 가슴 절절히 와 닿지 않았을까?
엄마라는 따스한 단어,

그 눈부신 울림…….

엄마를 잃은 사람에게는
엄마의 모든 것이 너무나 애절하게 그립다.
함께 보낸 시간들, 따뜻한 밥상,
엄마의 목소리. 손길…….
모든 기억이 내 안에 녹아 있다

엄마를 잃고 나서야 엄마의 사랑이
얼마나 깊고 너그러웠나를 가슴 깊이 깨닫는다.
엄마의 삶 전체가 헌신과 봉사였음을 이제는 안다.
엄마 같은 사랑만이 삭막해지는 세상과
삶에 지친 사람들을 구하리라 믿는다.

The Man is at Sea after Demont-Breton, Vincent van Gogh, 1889

엄마 살아계실 때 잘 해라, 이 말이
왜 그때는 가슴 절절히 와 닿지 않았을까

Peonies and head of a woman, John Russell, 1887

Young Peasant Having Her Coffee, Camille Pissarro, 1881

The Tin Mug, Eugène Carrière, 1888

참 많이 대들고 다퉜던 시간들까지 아쉽고 그립다.
엄마를 잃고 나서야 엄마의 깊은 사랑을 깨닫는다.

The lady of the house, William Henry Margetson

엄마도 여자였고,
예쁘고 뜨겁던 청춘이 있었고,
꿈이 있었다는 것을.

Portrait de sa mere epluchant un navet, devant une fenetre, Emile Friant, 1887

엄마는 제대로 이해받기를 원한다.
엄마도 여자였고,
예쁘고 뜨겁던 청춘이 있었고,
꿈이 있었다는 것을.
우리가 몰랐던 엄마의 욕망을
따사로운 햇볕에 내어 놓고
세세히 비춰 내고 싶었다. 그래서
얼마나 엄마에게 소홀했는지
새삼 깨닫게 해주고 싶었다.
언젠가 당신에게도 어김없이
이별의 순간이 닥쳐오리라.
후회를 남기고 싶지 않다면
더 늦기 전에
엄마의 마음을 헤아려 보라.
사랑을 전해 보라.
온전한 인생은
제때 사랑을 전하고 사랑 받는다.

미루지 말자. '나중'이란 없다.
지금 이 순간 사랑을 전하자.
따뜻한 말과 눈짓을 건네자.
책을 쓰면서 나는 내 인생이
조금씩 바뀌는 것을 느낀다.
이 책을 읽는 이들도 조금씩 바뀌길 빈다.
정성을 다해 작업할 수 있게
영감과 용기를 주신 신께
감사 기도를 올린다.
귀한 추천사를 써 주신 분들과, 사랑하는 모든 이들이 참 고맙다.
특히 엄마의 말년을 잘 챙겨 드린 나의 아버지와 형제들,
여동생 신현주 목사에게 고마움을 전한다.
엄마, 란 이름은 지금껏 가슴을 치고
나를 일으켜 세운다. 우리에게 더 많은
시간이 있었다면 얼마나 좋았을까, 아쉬워하며
하늘나라에 계신 엄마께
나직이 사랑의 인사를 건넨다.

'엄마, 소망을 이룰게. 지켜봐줘.
사랑해. 언제까지나.
아름다운 엄마의 자랑스런 딸로 살게.'

엄마 보고 싶은 날

신현림

Woman grinding coffee, Vincent Van Gogh

차례

1부

나는
좋은 딸이 될 거야

진심을 다한 포옹,
그 포옹 자체가 천국이다

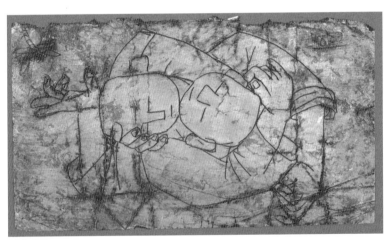

두 아이, 이중섭

1. 포옹해 드리기

포옹은 엄마의 슬픔과 괴로움을 녹여낸다

포옹만큼 따뜻한 게 어디 있을까.
포옹만큼 사람을 안정시키는 것은 없다.

진심을 다한 포옹. 그 포옹 자체가 천국이다.
그런데 엄마를 포옹해드리기는커녕 짜증내고 야단친게 더 많은 건 아
닌지 생각해보자. 며칠 전 지하철에서 나란히 앉게 된 나이 지긋한 한
어머니와 이야기를 나누면서 그런 생각을 해봤다.

"자식에게 제일 서운할 때가 언제세요?"

자식에게 서운할 때가 언제냐는 물음에
어머니의 대답이 예사롭지 않았다.

"엄마 그 얘기 했잖아.

한 번만 더 들으면 백 번이야."

나이가 들면서 기억력이 가물가물해지는데 그걸 딸이 아픈 말로 콕 짚어 지적할 때 그렇게 속이 상할 수 없다는 말이셨다. 나는 고개를 끄덕이며 말 끝을 흐렸다. 나는 그 어머니에게 다시 말을 건넸다.

"그러게요. 그냥 모르는 척 듣다가 나중에 애교 떨면서 '우리 엄마 또 얘기하네.' 하고 부드럽게 말해주면 참 좋을 텐데……."

"자식이 그러면 무안하고 서글프죠. 내가 정말 늙었구나 싶고."

서운하다고 말을 했으면 좋으련만, 자신을 무안하게 하거나 깎아내린 것이 서운했다고 표현한다면 자식들도 깨닫는 바가 클 것이다.

자식들은 엄마의 감정을 너무 생각하지 않는다. 편하고 만만하게 생각해서 쉽게 짜증내고 독한 말을 퍼붓는다. 이제부터 사랑을 되돌려드릴 때다. 늙고 약해지는 엄마에게 되돌려드릴 때다. 엄마와 함께 시간을 보내면서 칭찬을 아끼지 않기. 그러다 보면 칭찬의 기쁨은 고스란히 자신에게 돌아온다.

엄마를 늘 포옹해드리기. 자식을 안아주고, 엄마 아빠를 안아드리고, 애인과 친구를 안을 때의 따뜻한 포옹은 저마다의 슬픔과 괴로움을 녹여낸다.

사랑하는 사람들과 스킨십을 하고 서로를 끌어안을 때 피 속의 헤모글로빈 양이 많이 늘어난다니 신비롭다. 오래 건강하게 살기 위한 산소를 온몸으로 전하는 것이 헤모글로빈이다.

충만한 애정 속에서 포옹을 많이 한 사람일수록

오래 건강하게 살 가능성이 크다.

친밀한 포옹이 바로 삶의 기적이며 신비로움이다.

그 기적을 오늘 당신 엄마에게 전해보라.

Madame Lebasque Fixing her Daughters Hair, Henri Lebasque

2. 살림 돕기
이 단순한 배려를 왜 못했을까

작은 배려의 문제다.
쓰레기 버릴 때 봉투 하나라도 들어주어
오가는 수고로움을 덜어주는 것.
자기 방이라도 정리정돈 잘하는 것.
밥 먹고 자신이 먹은 밥그릇만큼은 설거지통에 넣어주기.
양말 한 짝이라도 뒤집어 놓지 않고 세탁조에 넣어두기.
아주 단순한 배려를 원하는 것이다.

그때 끈적끈적한 걸 지우느라 몇 번의 걸레질을 거듭하다 드디어 내 눈에서 눈물이 터져 나왔다.

"네가 어질러 놓은 건 어떡해서든 네가 책임지고 치워야지. 엄마가 식모니. 네 일은 네가 안 해 엄마가 일할 시간이 모자라 굶어죽을지도 모른단 말야."

딸은 어쩔 줄 몰라 하며 부리나케 청소를 해댔다. 딸이 여린 손으로 청소하는 모습에 나는 적잖이 죄의식에 빠져갔다. 아무리 화가 나도 해서는 안 될 말을 하고 말았다. 자식에게 굶어 죽는다는 소리를 하다니……. 그 말이 책임과 부담을 주는 것임을 알면서 참지 못했다. 나는 왜 자애로운 엄마가 아닐까. 실수도 다 감싸고 껴안아주는 엄마가 되지 못할까. 그러면서 중·고등학교 다닐 때까지 엄마 살림을 많이 못 도와

드린 것이 미안했다. 이렇게 아이 하나 키우면서 돈 벌어 살림하기도 힘든데, 우리 엄마는 넷을 키웠으니 얼마나 힘드셨을까……. 새삼 다시 깨닫는 슬픔이었다. 이 깨달음은 계속되고 있다.

쓰레기 버릴 때 봉투 하나라도 들어주어 오가는 수고로움을 덜어주는 것. 자기 방이라도 정리정돈 잘하는 것. 밥 먹고 자신이 먹은 밥그릇만큼은 설거지통에 넣어주기. 양말 한 짝이라도 뒤집어 놓지 않고 세탁조에 넣어두기. 아주 단순한 배려를 원하는 것이다. 이런 단순한 배려를 나도 잘 못해서 가슴이 아프다. 어제 일을 떠올리며 나는 더 엄마에게 미안했다.

나와 같은 한스러움을 토로했던 후배의 이야기가 떠올랐다. 후배는 갑작스럽게 아버지가 돌아가시자 어머니는 파출부 일을 하셨다고 한다. 남의 집 살림을 해준다는 게 좀 눈치 보였다. 게다가 그 집 살림을 다 마치고 해질녘에 집에 와서는 널린 옷가지며 설거지며 밀린 집안일을 하느라 손에 물 마를 일이 없었다. 그런 고된 노동은 허리디스크라는 병을 훈장처럼 남겼다. 후배는 당시 너무 철이 없어 집안 일 한 번 제대로 도운 적이 없었고, 뒤늦게서야 그런 자신을 원망스러워 했다.

"엄마 살림 하나 돕지 못한 제가 싫어요. 이제 철이 들었나 봐요. 한심하죠."

지금이라도 깨달았으니 잘해드리라고 후배에게 말하면서, 나는 부끄러웠다. 언제나 후회는 늦다. 엄마가 딸에게 원하는 것은 자신의 방만이라도 정리정돈 잘하는 것이다. 때때로 심부름도 해주고, 신발 정리 등 간단한 일만이라도 돕는 것이다. 이거라도 도와준다면 어미로서는

굉장한 힘이 된다. 이런 내 마음을 알았는지
딸은 어깨를 주물러 주었다.
딸의 손이 닿는 곳마다 따끈따끈해지기 시작했다.

UN COIN DE LA CHAMBRE DE VUILLARD AUX CLAYES, Édouard Vuillard

3. 엄마 필수품 바꿔드리기

거창한 것보다 엄마 화장대부터 살피기

엄마가 그리우면
엄마가 쓰던 화장품 냄새를 맡으러
백화점으로 달려가는 아이가 있었다.
고아들과 가출 청소년들을 대상으로
연극치료사로 활동한 적 있는
재클린 우드슨의 시로 그려진 아이였다.

내가 아는 건 엄마 냄새가 나는 그 파우더뿐.
가끔 그리워서 정말 가슴이 아파오면
백화점으로 달려간다. 경비원들은
내가 뭔가 훔칠까 봐 주위를 맴돈다.
화장품 코너 아가씨에게
그 파우더가 있는지 묻는다.
네, 라는 대답에 이렇게 말한다.
제가 찾는 게 맞는지 향기 좀 맡아도 될까요?

고아가 된 아이에게 엄마의 냄새는 바로 화장품 향기였다. 엄마가 쓴
화장품에 엄마의 혼이 깃든 것이다. 그의 시로 가슴 한구석이 아리다.

엄마로만 알고 살았지
엄마도 여자임을 까맣게 잊고 있었다.

Girl in Blue, Frederick Carl Frieseke, 1918

문득 엄마 말년에 고향집에 들러 화장대를 청소하던 날이 기억난다. 화장품 유통기한이 넘어 화장품 향기가 변했다고 외치던 때가. 엄마는 아직 쓸 만하다며 괜찮다고 고개를 저으셨다.

"사러갈 틈도 없고 기한 지난 줄도 몰랐어. 다 늙은 얼굴에 아무거나 바르면 어떠니."

가게에 손님이 오셔서 엄마가 잠시 자리를 비운 사이 나는 화장대를 전부 살피게 되었다. 샘플용 스킨과 로션. 오래되어 쓰다 만 화장품들, 그리고 무른 립스틱들이 화장대 서랍장을 채우고 있었다. 수없이 서울과 고향집을 오가면서 왜 한 번도 엄마의 화장대를 신경 쓰지 못했을까? 이렇게 한심할 수가! 엄마로만 알고 살았지 엄마도 여자임을 까맣게 잊고 있었다.

엄마가 여자임을 잊고 살았다. 나는 곧바로 로션과 영양크림을 사다 드렸다. 이 작은 선물만으로도 엄마는 감동하셨다. 고맙다고, 잘 쓰겠다고 말씀하셨다. 그때 내가 쓰는 책들이 잘 되었으면 좋겠다. 엄마한테 좋은 화장품을 사주고 싶다고 전하였다.

"말만이라도 고맙다. 시인이 무슨 돈을 벌겠어. 이름 알려진 것만으로도 고마워 해야지."

늦게 한 결혼에 이혼까지 해서 어지간히 맘고생을 시킨 나였지만 TV와 잡지, 신문기사가 나올 때면 엄마는 나를 무척이나 대견해 하셨다. 이후 미처 생각하지 못한 생활용품들을 하나하나 바꿔드렸다. 지금 엄마를 위해 무얼 해드릴까 고민하는 친구가 있다면, 값비싸고 거창한 선물보다는 엄마의 필수품부터 천천히 바꿔 드리기. 꼭 기억할 것.

배우려는 자세는
인생의 핵심 가까이 가게 만든다.
현실을 정확하게 알고 탐구해야
멀리 보며 잘 살 수 있다.

Still life with flowers or the Venus of Cyrene, Pierre Bonnard, 1930

4. 엄마와 서점 가고, 도서관 가기, 그리고 까페 가기
우리는 배우면서 더 깊고 멀리 나아간다

나는 아이를 통해 생을 다시 살고
큰 배움을 얻곤 했다.

아주 귀엽고 우렁우렁한 목소리로 달을 반기는 딸. 겨울이라 춥고 감기
걸릴까 걱정되어서 나는 목도리를 감아주려고 했다.
"싫어 싫어"
"달님도 추워서 목도리를 둘렀단다."
나의 엉뚱하게 둘러대는 말이 진짜인 듯 살짝 달에 걸린 구름이 마치 목
도리처럼 보였다. 아이는 고개를 끄덕였다. 호기심으로 가득차서 늘 궁
금한 아이랑 같이 있다보니 나의 상상력도 고무줄처럼 늘어났다. 단어
하나 배우고 아는 즐거움에 소리를 지르는 아이를 볼 때마다 내 인생의
책을 다시 쓰는 기분이 들기도 했다.
그때를 떠올리며 함께 행복한 일을 하나씩 만들어가고 싶어졌다.
 엄마와 서점도 가고, 도서관도 가고 그리고 까페 가서 책보고, 수다도

벌이다 보면 그 기억은 고스란히 남아 행복한 추억으로 남는다. 그것만 이 아니다. 4차 산업시대인 오늘과 내일을 준비해야 잘 살 수 있는 시대 다. 젊은 엄마인 경우는 딸과 함께 현실을 정확하게 알고 공부해야 멀리 나갈 수 있다. 앎은 먼저 알고 나중 아는 차이일 뿐, 천천히, 열렬히 함께 살아있는 기쁨을 누리길 바란다.

미국 시인 에밀리 디킨슨이 "살아있음을 의식하는 것만으로도 지극한 기쁨이 아닐 수 없다"고 했듯이 살아있음에 깊이 감사하는 마음만으로

Parisian Boulevard, Pierre Bonnard, 1896

도 세상은 달리 보인다. 거기다 아이처럼 호기심을 지닌 채 무엇 하나라도 알려고 한다면 하나 이상을 얻으리라 생각한다. 배우려는 자세는 인생의 핵심 가까이 가게 만든다. 대지와 하늘과 바다 등 세상의 모든 것이 그냥 당연히 있는 게 아니라는 걸 호기심과 배우려는 자세에서 알게 된다. 그런 인생의 신비. 티없이 맑고 순수한 아이가 경험하듯이 말이다.

엄마와 함께
유투브의 추억의 롤라장을 켜두고
몸을 사뿐 흔들기만 해도 생은 열렬해지기도 한다.

5. 함께 최고로 기쁘고 아름다운 순간을 위하여

지나간 시간은 다 사라졌지만,
사라지지 않게 온 열정을 다 바쳐 움직이는 것이다.
그 열정 부르기 좋은 일이 노래부르고, 춤추기다.

조금이라도 늦으면 걱정부터 하는
엄마의 시간이다. 딸의 귀가를 기다리는 시간
아침과 밤마다 초가을 바람이 느껴진다.
피부로나 눈으로나 천천히. 여름이 지루해진 참에
아침과 밤에는 반가운 가을이다.
그래서 자식이라면 엄마의 노래, 엄마만의 춤을 알아야 하고, 엄마에게
받은 느낌을 알려줘야 한다. 살아서 함께한 최고로 기쁘고 애달프고 아
름다운 순간을 서로 나눠야 가족이다. 그때가 가장 아름답게 살았던 찬
란한 순간임을 깨닫는다.
지금 엄마가 살아 계시다면 한바탕 신나게 춤췄을 것이다. 답답하고,
우울하실 때 엄마를 일으켜 댄스곡을 틀고 춤추자고 했을 것이다. 유투

브에서 추억의 롤라장을 켜두고 몸을 사뿐 흔드는 것만으로도 생은 열렬해지기도 한다.

"그깟 슬픔따위에 우리가 질 수 있나요. 어머니 우리를 더 열렬히 살게 만들면 되어요. 그깟 고통따위는 다 치워버려요."

이렇게 외치며 자유롭게 춤을 추고, 몸과 마음을 부드럽게 해드렸을 거 같다. 그 열기있는 기억은 문득문득 열정을 되찾고 일과 일마다 신명나게 만들지 않았을까. 열정을 되찾을 때라야 뭐든 잘 할 수 있다. 엄마와 자식은 두 배는 더 행복해질 수 있다. 그렇게 다시 태어나는 희열에 젖게 해드렸다면.

내 친한 지인도 엄마가 즐겨 부르던 노래 〈칠갑산〉을 자신도 모르게 흥얼거리곤 한다. 저마다 부르는 18번지 노래는 자신의 인생을 닮아 있나보다. 그녀 엄마의 인생을 듣다 보니 노래 〈칠갑산〉 가사를 닮아 있어 놀랐다.

"무슨 설움 그리 많아 포기마다 눈물 심느냐. 홀어머니 두고 시집가던 날 칠갑산 산마루에 울어주던 산새소리만 어린 가슴 속을 태웠소."

그녀와 함께 형제들은 부모님과 10여 년을 떨어져 할머니 밑에서 자랐다. 나중에 행복하자고 돈 벌러 뿔뿔이 흩어진 가족이었다.

하지만 그녀의 엄마는 병들었고 힘들게 벌어온 돈을 주식으로 날려 비극적으로 인생을 마쳤다.

그녀는 엄마를 떠올리며 이렇게 말했다.

"행복하기 위해 떨어져 살다가 막상 모여 살 때는 그렇게도 많이 싸웠어요. 서로가 무슨 생각을 하는지도 몰랐고, 서로를 위하는 법도 몰랐고, 애정표현도 어떻게 할지 몰랐어요. 행복하게 못 보낸 시간들이 속

Dancing Girls on Carmel Beach, Arthur Frank Mathews

상해요. 모녀라면 당연히 다정해야 하는데, 그러지 못했어요. 그런데 어느 날 보니 그렇게도 서운함이 많이 배어 있던 엄마의 노래를 내가 흥얼거리고 있더라고요. 그럼 가슴이 다 젖어버려요."

어쩌면 세상의 슬픈 노래들은 모두 엄마들의 인생을 닮았는지 모른다.

라디오를 틀어 놓고 일하다 시계를 보니 딸이 올 시간이었다. 이내 딸은 친구를 데리고 들어왔다. 마침 라디오 〈한동준의 에프엠 팝스〉에서 신나는 추억의 팝송이 흘러나왔다. 〈펑키타운〉과 놀란스의 〈섹시뮤직〉이었다. 그 음악에 맞춰 저절로 엉덩이와 고개가 흔들렸다.

"아하, 울 엄마 춤춘다. 엄마 실컷 추세요. 우린 문 닫고 놀게요."

흔들리는 몸, 흔들리는 팔에 고무장갑이 껴져 있는 손. 거울을 보니 좀 우스웠다. 요즘 세대들과 다를 바 없이 춤추기를 즐긴다. 물론 집에서 혼자.

판을 안 깔아줘서 그렇지 많은 엄마들도 춤추기 신나는 시간이 그리울지 모른다. 엄마들의 가슴과 허리, 엉덩이가 맵시 있게 출렁이게 자식들은 판을 깔아드리라. 엄마의 고단함과 슬픔이 쏟아져 빛으로 터지게 하라. 엄마와 함께 춤추며, 함께 신나는 추억을 만들어가라.

당신이든 엄마든 기분이 우울할 때, 몸이 자꾸 가라앉아 도무지 신이 나지 않다거나 무얼 해도 기쁘지 않고, 무얼 어찌해야 할지 모를 때 함께 노래하고 춤을 춘다면 기분이 한결 좋아질 것이다.

좋아하는 노래를 부르다 말아도 그만이고, 처음부터 끝까지 불러도 좋다. 거짓말처럼 감쪽같이 무거움은 사라지고 온몸에 다시 충전된 에너지를 느끼리라.

자연과 함께 숨 쉬고 고동치며
인생의 아름다움을 발견하기를.
그래서 당신도 당신의 어머니도
생의 에너지로 뜨거워지기를

6. 여행가기, 가장 맛있는 음식먹고 감사하기
함께 햇볕을 쬐고 바람 속을 거닐기를

벌써 가을 냄새라니… 열린 창으로 밀려온 바람이 서늘했다.
잊고 지낸 시간 감각이 되돌아 왔다.

바람의 감촉에 따라 천천히 흔들리는 마음. 따끈따끈한 기억들을 떠올렸다. 파도같이 밀려갔다 밀려오는 기억들. 당분간 많은 시간이 흘러도 내 마음은 강원도 동해바다에 머물러 있을 것 같아. 강연을 핑계 삼아 떠난 여행은 일종의 행복한 도피였다. 숨 막힐 듯 고단한 일상으로부터 벗어나는 일은 쉬운 듯 하지만 그리 쉽지 않다.

여행을 엄마와 얼마나 많이 다녔나 생각해보면 부끄러워진다. 20년 가까이 우리 집은 싸움판이었다. 내 청소년기 때는 그 극치를 달렸다. 모두 자기 살기 바빴고, 가슴이 너덜너덜해지도록 싸우고 아팠다. 엄마 혼자 그 뒤치다꺼리를 하느라 자신의 몸이 병들고 있는지도 몰랐다. 왜 그때 엄마를 챙기지 못했을까. 왜 나는 '가족'이라는 울타리를 갑갑한 굴레처럼 느꼈을까. 아버지와 자식들은 한 지붕 아래 살면서도 서로를

좀 더 건강하셨을 때
자주 모시고 다닐 걸.

La Table sur la Terasse au Clair, Henri Le Sidaner

다독여주지 못했고, 엄마 가슴을 아프게만 했다. 그러니 단란한 가족여행은 꿈조차 꾸지 못했다.

그나마 초등학교 때는 종종 포도원을 찾던 일이 기억난다. 가게를 지키느라 가실 수가 없었다. 생업의 무게가 너무 무거웠기 때문에 이미 그 삶에 찌들어 계셨다. 그것은 철저히 다른 가족의 책임이다.

우리 가족은 엄마가 돌아가시기 3년 전부터 제대로 된 가족여행을 하게 되었다. 휠체어를 빌려 차에 싣고 가족 모두 동해로 달렸다. 가족과 함께 다시 바닷가로 나갔다. 달빛이 나올 때까지 모래성도 쌓고 경치 좋은 곳으로 엄마의 휠체어를 끌어 드렸다. 바닷바람이 싱그러웠다. 그 바람을 맞으며 엄마가 힘없이 말씀하셨다.

"아파서 힘들지만 같이 와서 참 좋다. 고맙다."

엄마는 가게를 지켜야했으니까. 몸이 아프니까, 원체 활동적인 분이 아니니까, 번잡한 곳을 싫어하니까……. 늘 핑계를 만들기 바빴다. 그렇게 믿는 것이 내 속이 편했을까. 그 무심함 속에서 엄마는 더 늙고 쇠약해지셨다.

아름다운 자연 속에서 마음이 둥글해지고 부모와 자식간의 정은 더욱 두툼해졌다. 하지만 이제는 다시 찾아오지 않을 영원한 추억이 되어 버렸다. 모두 가족과 함께 햇볕을 쬐고 바람 속을 거닐기를. 자연과 함께 숨 쉬고 고동치며 인생의 아름다움을 발견하기를. 그래서 당신도 당신의 어머니도 생의 에너지로 활기차기를 바란다.

혼자 있는 시간은 꼭 필요하다
자기만의 시간을 가진 자만이
값진 무언가를 만들고, 이룰 수 있다

Interior in Strandgade, Sunlight on the Floor, Vilhelm Hammershoi, 1901

7. 혼자 있는 시간을 열어드리기
마음의 여유, 라는 선물 드리기

노후의 철저함은 마음의 여유에서 온다.
앎, 식견, 지혜도 휴식의 시간,
안식의 시간을 어떻게 보내느냐에 따라 다르다.

봄날 저녁이었다. 택시가 와서 몸을 실었다. 기사님께서 자신의 이야기를 해주셨다. 워낙 자신은 건설 쪽에서 일을 했었는데, 가족과 떨어져 지방에 살며 오가는 일이 힘들어 택시기사로 이직을 하게 된 얘기셨다. 일종의 명퇴 후 창업인 거다.

"사람들이 은퇴를 하면 대부분 창업을 치킨집을 해요. 그런데 80~90%가 3년 못버티고 망한대요."

그래서 동네 방네 치킨집이 많은 건가, 하는 생각이 들었다. 치킨집이 많으니 쓰러져가는 치킨집도 많은 게 당연한데, 당사자들은 현실을 헤아릴 여유가 없는지도 모른다. 나는 어둔 창밖 스치는 풍경을 바라보다 다시 물었다.

"그럼 귀농하나요?"

"귀농도 자금이 있어야 하죠. 땅 사고 집마련할 자본이 없으니 눈치보며 사는 거지"

누구 눈치? 하고 또 묻게 되었다. 나는 눈치없게 꼬치꼬치 여쭙게 되었다. 택시기사님은 저 여자 뭘 모르네, 하는 눈빛으로 내 뒤를 잠시 보시는 거 같았다.

"누구긴요 자식 눈치죠. 서글픈 거예요."

아, 그렇지. 자식 눈치가 생기겠구나. 전 생애를 걸고 번 퇴직금을 받다가 망했으니 얼마나 서글플까. 명퇴하면 치킨집을 차린다는 것. 치킨집이 아니면 까페, 먹는 장사로 가는 건 기본이겠지만, 만만히 봐서는 안되는 게 현실이다. 젊은 날 부모님의 명퇴를 생각해본 적이 없었다. 그만큼 내 일에만 신경썼기 때문이다. 요즘 노후준비된 서민들이 얼마 있을까. 어쨌든 노후의 철저함은 마음의 여유에서 온다. 마음의 여유가 없이 시작했다가는 낭패하기 십상이다.

그 여유속에서 책을 보고, 상가쪽을 돌며 가게 디자인도 살피고, 두루 앎이 깊어야 실패확률이 적어진다. 이런 앎, 식견, 지혜를 얻는 휴식의 시간, 안식의 시간, 쉬는 시간도 그냥 놀고 버리는 게 아님을 명확히 새겨보고 싶다.

마침 가방을 뒤지는데 여동생이 선물보내온 마르바 던의 〈안식〉이 있었다. 선물은 작은 거라도 즐겁다. 그 선물을 싸서 보내올 때까지의 상대방이 나를 생각해 준 마음이 꽃향기처럼 느껴져 따사롭다.

"나는 안식일을 지킴으로써 안식일의 거룩함이나 감동을 주는 모든 것이 사람들의 삶에 미치기를 원한다"

우리가 안식일을 지킴으로써 속세로부터 한발 떨어져 신적 친밀감을 느끼고, 깊이 생각할 시간 갖기에 의미를 둔 책은 많다. 근심과 염려를 그치는 방법에 대한 얘기가 있다. 우선 그 방법은 스마트폰은 가방 깊숙이 집어넣고 영성책을 보는 일이다. 무슨 개 뼈다귀 같은 얘기야, 하시겠지만 나는 어느 때부터인가 밤길을 가던가 힘들 때면 가방에 꼭 넣고 다니는 책은 시집이나 소설집이 아니었다. 영성 책이었다. 자정이 넘었고, 책을 보고 싶었으나, 어두웠기에 책만 만지작거릴 동안 어느새 집 앞이다.

2부

후회 없는 시간을 위해
지금 해야 할 것들

성숙과 성장은 관계가 깨지거나 금이 가거나
잃어버릴 때 온다. 내게도 잘못이 있음을
인정하는 것이 중요하다.
엄마는 세상에서 단 한 분이란 점을 잊지 않기.

Les souvenirs, Emile Friant, 1891

8. 관계 회복하기, 정 쌓아가기
시간이 없다, 그때그때 풀어라

우리는 어딘가 늘 부족하고 완전하지 못하다.
그래서 자기만의 행복을 찾기가 쉽지 않아
헤매고 흔들리나 보다.
가슴에 가둔 말이 쌓이다 보면 관계는
계속 뒤틀리고 어긋나간다.

성당에서 알게 된 여대생 스물세 살 D가 나를 붙잡고 눈물 글썽이며 하소연했다. 언제나 발랄하고 씩씩해서 그렇게 남모를 고민이 깊을 줄 몰랐다.

"엄마는 제가 어렸을 때부터 항상 남과 비교하며 말씀하셨어요. 다른 집 애들은 안 그런데 넌 왜 그러니? 네 언니는 안 그런데 넌 대체 뭐가 문제야? 하셨지요. 이젠 엄마의 잔소리만 들어도 가슴이 탁 막혀요."

D는 엄마의 질책과 비난으로 자주 작은 벌레처럼 움츠러들었고 열등감에 시달릴 때도 많았다.

"요즘은 그냥 엄마가 말을 걸어도 짜증이 나요. 이젠 제게 맞추시려고 말을 조심하시는데도 그 모습이 또 싫은 거예요. 물론 고마운 마음도 커요. 엄마가 안쓰러울 때도 있고요. 그런데도 자꾸 화가 나는 제 마음을 잘 모르겠어요. 저는 왜 그럴까요?"

그녀의 마음은 병이 들대로 들었다.

나는 D에게 그간의 이야기와 솔직한 심정을 엄마에게 털어 놓으면 어떻겠느냐고 조언했다. D는 내 조언대로 엄마에게 말했다. 엄마가 순순히 모든 이야기를 받아들이시고 미안하다며 사과를 하셨다는 것이다. D는 그날 엄마를 붙잡고 대성통곡을 했단다.

상처를 키우고 있던 모녀는 서로 끌어안고 그동안의 섭섭함을 풀었다. 그간 앙칼지게 화내던 딸의 말로 인해 엄마도 몹시 가슴앓이를 했었나 보다.

"유난히 저를 아끼셨고 저한테 기대가 크셨나 봐요. 서로에게 받은 상처만 생각하며 오랜 세월 동안 가슴 아파만 했어요. 이젠 하나씩 풀어 나갈 거예요."

먼저 어떤 식으로든 내게도 잘못이 있음을 인정하는 것이 중요하다. 객관적으로 바라보며 더 슬기롭고 지혜로운 사랑법을 구해야 한다. 과거에 매이지 말고 지금 이 순간 활기찬 삶을 위해 생산적이지 않은 상처를 훌훌 털든지, 정공법으로 맞짱 뜨며 속을 풀어놓고 부드럽게 풀어가야 한다.

사실 성숙함과 성장은 관계가 깨지거나 금이 가거나 잃어버릴 때 온다. 엄마는 인생의 스승이고 최고의 친구다. 세상에서 단 한 분이란 점을 잊지 않기.

서로 살아있고 사랑할 수 있음이 고맙고, 인생이 경이로운 것이 아닐
까 한다.

In the Wash, Anna Elizabeth Klumpke, 1888

9. 좋은 친구 만들어드리기
좋은 우정은 든든한 보험이 된다

예의와 체면 때문에 자신을
못 드러내는 거예요.
이제부터라도 짐짓 태연한 척,
강한 척 하지 마세요. 내려 놓으세요

나는 어머니들을 대상으로 강연을 나가거나 모임에 초대받으면 종종 이런 말을 들려준다.

많이들 속마음은 외롭고 힘들어요.

.

가슴속 얘기를 드러내지 못하니 답답한 거다. 자신을 드러낼 만한 친구도 없으니까. 그럴수록 친구를 사귀어야 한다. 친구는 또 하나의 자신이다. 자기가 원하는 게 무엇인지 알기 위해서라도 자신을 드러내야 한다.

사실 나도 속말을 잘 못하는 사람이었다. 젊은 시절에는 더 그랬다. 그러다가 창작을 통해 나를 표현하다보니 가슴에 맺힌 게 많이 사라졌고, 좋은 지인들과 유대관계를 맺으면서 지금은 아주 긍정적인 사람이 되었다.

주변의 많은 엄마들이 속엣말을 못해 답답해하는 모습을 보게 된다. 그럴 때면 친한 친구라도 있다면 좀 나을텐데 하는 안타까운 마음이 들곤 했다.

이산가족인 나의 엄마도 동생 하나라도 남한에 내려와 살았거나 가게 손님이 아닌 친한 친구라도 한 명 있었다면 그나마 인생이 덜 적적했으리라. 우리 자

식들이 채워드리지 못한 정이 스며 엄마는 더 건강하고 풍요로운 인생을 사셨을 것이다.

우연히 어느 장성한 아들이 어머니의 삶을 되짚으며 적어 내려간 일기를 보게 되었다. 남 애기 같지 않은 글에 마음이 아팠다.

엄마는 20대 초반에 교사생활을 접고 시골에 사는 아버지에게 시집을 왔다. 집에서는 말할 사람이 없었다. 술도 좋아하고 사람들과 어울려 노는 것을 좋아했다는 그의 엄마. 말할 사람 없는 궁벽한 시골에서 그의 형제는 자라는 동안 매일 싸움질을 했고 이기적이었다.

아버지는 사업에 실패하셨다.

가족들 모두 객지로 해외로 떠나자 엄마는 홀로 시골에 사시다 소도시의 아파트로 거처를 옮기셨다. 외로운 아파트에서 10년을 홀로 지내시다가 최근 덜컥 갑상선암에 걸리셨다. 노후를 위해 왕복 세 시간이나 걸리는 직장을 버스로 통근하시는 어머니.

혼자 병을 치료하며 외롭게 사시는 어머니.

엄마의 인생은 어디로 흘러가고 있는 걸까……

이런 경우 교회나 성당 등 종교 모임에 다니면서 친구를 사귀라고 권하고 싶다. 하지만 종교에 관심이 없다면 인내심을 가지고 천천히 권해야 한다. 가까운 복지센터에서 관심 과목을 수강하며 한 명, 두 명 인간 관계를 넓혀가는 것도 좋다. 그도 아니면 엄마의 죽마고우나 동창들과 연락을 하도록 권하는 방법도 있다.

마당발이라는 얘기를 들을 만큼 지인이 많은 나도 어느 때는 세상에 홀로 버려진 기분이 들 정도로 외로움에 사무친다. 나도 이런데 울 엄마의 삶은 오죽했으랴. 나이들수록 함께 할 친구들은 줄어드는 거 같다. 어떤 엄마에게도 마음을 기대고 함께 어울릴 벗이 필요하다.

Leisure, William Worcester Churchill

10. 용돈 드리기

돈은 때로 따스한 박수소리와 같다

신문을 넘겨보다가
한 기사에 시선이 머물렀다.
"부모님이 언제까지 자식에게
경제적 지원을 해야 한다고 생각합니까?"

이 질문에 응답자 절반의 자식들은 '대학 졸업 때까지'라고 답했다. '취업할 때까지' '결혼할 때까지'라고 답한 이도 적지 않았다. 그중에는 부모님의 능력이 허락할 때까지 지원해야 한다고 대답한 사람도 열 명 중 한 명꼴이어서 나는 적잖이 놀랐다.

요즘 젊은이들이 부모의 지원을 당연하게 생각하고, 당당히 요구하는 것이 과거와 사뭇 달랐기 때문이다. 어른이 되어서까지 부모님께 돈 받는 게 어떻게 당연한가. 그것이 돈이든 인정이든 빚을 졌다면 반드시 돌려주는 것이 사람의 도리다.

사실 나도 젊은 시절 엄마가 대준 전세자금 1000만 원으로 독립생활을 시작했다. 3년간의 직장생활을 접고 백수가 되었을 때 엄마는 서른 살의 딸에게 생활비 일부를 대주셨다. 나는 서른이 넘어서도 엄마의 등골을 빼먹은 딸이다. 어떻게든 한 번쯤은 좋은 딸이 되기 위해서 사생결단의 각오로 작업에 매달렸다. 시에 미쳐 지내며 첫 시집과 두 번째 시집을 냈다. 다행히 두 번째 시집이 베스트셀러가 되어 대중적인 성공을 거둔 후 홀로 자립해 지금까지 뼈골 빠지게 일하며 모녀가장으로 살고 있다. 후에 엄마가 대주신 돈을 갚겠다고 말씀드렸다. 하지만 엄마는 고개를 저으셨다.

"그걸 내가 어떻게 받겠니. 상황이 되며 더 대주고 싶건만. 너나 잘 살아라.."

나는 엄마의 말을 듣고, 고맙다 못해 숙연해져 고개를 떨구었다. 생활비가 줄고 통장이 얇아지면 일종의 '두려움'이 엄습한다. 그럼에도 한 푼이라도 더 드릴 수 있을 때 챙겨 드려야지 생각했는데 못했다. 세상에 이름을 알린 효도 외에는 크게 한 게 없다.용돈 드리고는 제 할 일 다한 양 우쭐하지 말라는 충고도 잊지 않는다.

엄마 마음을 채우는 게 어디 돈뿐이랴.

십여 년이 흐른 지금, 나는 아직도 좋은 엄마라는 말 앞에서 자신이 없지만 단 한 가지 사실만은 자신 있게 말할 수 있다. 아이를 낳아 키운 것이 내 인생에서 가장 잘한 일이며, 아이를 통해 인생의 신비 한 조각 맛보고 있다는 것.

Baby's Bath Time, Arthur John Elsley

11. 목욕탕 가기
슬픔은 씻고 외로움은 껴안고

목욕탕에 대한 추억들도
하나 둘 수증기처럼 피어올랐다.

흐린 기억은 나지만, 어릴 때 엄마는 매번 나와 형제, 자매를 커다란 물통에서 목욕을 시켜주셨을 것이다. 이 일 또한 쉽지 않은 일임에 감사한다.

엄마가 쓰러지시기 전 어느 겨울밤. 내 딸과 함께 엄마를 모시고 동네 목욕탕에 갔다……. 뜨거운 물과 회색 수증기 속에서 엄마의 야윈 몸을 보고 안쓰럽고 슬퍼서 한숨 나던 난…….

병들고 나이 든다는 것이 이런 거구나 하는 슬픔 속에 잠겼다. 그 슬픔은 다리뼈가 앙상해지고 살이 처진 것 때문만은 아니었다. 젊은 날 예쁜 얼굴에 어울리지 않게 힘이 셌던 엄마. 그런 분이 숨쉬기도 곤란해 하던 모습. 작별의 시간이 멀지 않았구나 하는 슬픔과 두려움 속에서 함께했던 목욕탕의 추억. 이제는 아껴 먹던 빵처럼 소중하기만 하다.

누군가의 생일을 기념하는 것은
'당신이 있어 고마워'란 뜻이다.

Dining Room Overlooking the Garden (The Breakfast Room), Pierre Bonnard (부분)

12. 생일상 차려 드리기
우리를 낳고 키우느라 얼마나 고생하셨어요

오늘은 엄마 생신이다.
나는 무얼 해드릴까 고심하다
엄마가 좋아하는 냉면을 만들기로 했다.

엄마는 이북사람이라서 그런지 평양냉면과 함흥냉면을 특히 좋아하셨다. 나는 메밀향이 진하고 면발이 거친 평양냉면 대신 매콤한 비빔장이 특징인 함흥냉면을 만들기로 했다.

준비해둔 면을 냄비 안에 넣고 물이 팔팔 끓을 때 찬물을 넣어주었다. 엄마에게 배운 비법이다. 그래야 면이 더 쫄깃쫄깃하다. 잘게 썬 대파와 다진 마늘을 넣어 매콤한 양념장을 만들어 면 위에 뿌리고 완숙계란을 고명으로 얹었다. 그런데 준비해 놓고 보니 뭔가 조금 허전했다.

"아참! 겨자가 빠졌구나."

마지막에 뿌릴 깨소금과 함께 겨자와 식초까지 빠진 것 없이 완벽하게 준비했다.

73번째 맞는 생신.

세상에 축하할 일은 많다. 그중 제일은 뭐니 뭐니 해도 생일이다. 영성 저술가 헨리 나우웬은 시험에 합격한 것보다 직장에서 승진한 것보다 그 사람의 탄생을 가장 복되게 축복해야 한다고 말했다. 누군가의 생일을 기념하는 것은 '당신이 있어 고마워'란 뜻이다.

언제 어느 때나 엄마를 떠올리면 고마움이 따스한 물기로 가슴 가득 차오른다.

냉면을 포장해 놓고 엄마에게 드릴 카드를 펼쳤다. 손바닥만 한 카드 여백이 참 넓게도 느껴졌다. 무슨 말로 채울까 고민이 되었다. 엄마에게 도통 카드나 편지를 써 본 적이 없어서다. 내 기억이 맞는다면 초등학교 시절 어버이날에 숙제로 써간 감사카드가 전부일 것이다.

나는 카드를 마저 적고 아버지께 전화를 드렸다.

"아버지, 저 준비 다 됐어요."

아버지와 함께 엄마 계신 곳으로 길을 나섰다. 엄마 계신 곳이 멀지 않아 다행이다. 만든 냉면이 불기 전에 택시를 잡아타고 7분가량 쌩쌩 달려 간신히 시간 내 도착했다. 가까이서 고속도로를 오가는 차 소리가 파도소리처럼 '솨아솨아' 들렸다. 초가을 바람이 불어 길가에 드문드문 핀 코스모스가 하늘거렸다. 냉면이 불기 전에, 엄마에게 오다 보니 초가을 바람소리가 얼마나 감미로운지 느낄 새도 없었다.

드디어 엄마가 보이기 시작했다. 얼른 달려가 가져온 보따리를 풀고, 나는 카드를 꺼내 읽어 드렸다.

"엄마가 있어 참 좋다. 더 가까이 있으면 좋겠다. 오늘은 솜씨 발휘 좀 해봤으니까 식구들 먹다 남은 찬밥 먹지 말고 냉면 좀 드셔보세요."

엄마는 말이 없으셨다. 냉면에 씌운 비닐을 벗기고 김치와 엄마가 좋아하는 단감, 백합꽃도 드렸다. 눈물이 손등에 떨어져 뜨거웠다. 풀을 뽑던 아버지 눈시울도 빨개지셨다. 내 목소리가 엄마에게 스며들었는지 잡초들이 춤을 추듯 흐느꼈다.

아버지는 묵념을 하신 후 산소 주변 잡풀을 뜯어 널어 놓으셨다.

서늘한 바람이 술처럼 가슴을 적시며 흘러들었다.

"엄마, 우리 낳고 키우느라 얼마나 고생하셨어요. 둘째 딸표 함흥냉면 드셔보세요. 이제 아무 걱정 말고. 응"

13. 종교 행사 가기, 죽음준비와 죽음에 친밀해지기
지상에서 가장 아름다운 소풍을 위해

> 엄마가 의식불명으로 쓰러졌을 때,
> 나는 병원 침대 옆에서 번역한 원고를 다듬고 있었다.
> 앨리스 카이퍼스 《포스트잇 라이프》를.

산부인과 여의사인 싱글맘과 15세 소녀인 딸이 편지로 나누는 삶과 사랑과 죽음의 이야기다. 소설이 참으로 내 상황과 많이 닮아 있었다. 그때 나의 어머니도 1년째 의식불명인 상태에서 사투를 벌이며 최악의 죽음을 준비하며 최선의 삶을 희망한 상태였다. 우리 엄마 얘기 같아 비감과 통감 속에서 눈물 줄줄 쏟으며 번역했더랬다.

딸을 다 키워 놓고 이제 좀 여유를 갖고 살겠구나 싶을 때 클레어의 엄마는 암에 걸렸다

엄마의 병이 심각한지도 모른 채, 딸 클레어는 엄마에게 투덜대고 남자친구 마이클 문제에서는 상처가 되는 말까지 한다. 보통의 모든 자식들처럼 클레어도 엄마를 여자가 아닌 엄마로만 여겼다. 바쁜 의사인 엄마는 핸드폰도 없고, 딸 클레어와 대화할 시간도 없었다. 기껏 소통할 도

언젠가 죽는다는 사실을 고스란히 받아들이면
인생의 핵심만 보인다. 나이가 들수록
영혼의 성숙을 위해서라도 신앙은 중요했다.

Angelus, Emile Friant

구란 짧은 메모와 편지 쓰기였다. 여기서 클레어 엄마의 이야기는 애달프고 가슴 저렸다. 그녀의 무력감과 슬픔은 바로 우리 엄마 것이었으니.

"기운도 없고 몹시 두려워. 나의 삶은 무엇이었을까?

수많은 세월 동안 내 꿈을 살아야 했는데. 다 지나가버렸어. 시간들을 낭비하고 중요한 걸 놓친 것만 같구나. 그래도 무엇과도 바꿀 수 없는 내 딸, 네가 있구나.

나는 아프리카도 못 가 봤고, 프루스트도 읽지 못했어. 피아노 연주할 줄도 모르고, 악보도 볼 줄 몰라. …… 스카이다이빙도 해본 적이 없어. 사막도 본 적 이 없어. 낚시도 못해 봤어. …… 그런데 피곤하구나. 정말 피곤해. 그리고 오늘은 몸이 아주 안 좋단다."

인생을 어떻게 살아야 할지, 죽음을 마주하게 될 때 어떻게 해야 할지 참 많은 생각을 했다. 만일 당신의 엄마가 시한부 삶을 살고 있다면, 어떻게 작별 준비를 하겠는가?

우리는 죽음을 그림자처럼 곁에 두고 산다. 언젠가는 죽음을 피할 수 없음을 알면서도 그걸 받아들이기란 결코 쉽지 않다. 죽음 앞에서 갓 뽑은 무처럼 시원한 표정을 지을 사람은 많지 않다.

그러나 사람은 누구나 다 죽는다. 젊었을 때는 힘이 넘치고, 특별히 아픈 곳도 없고, 하고 싶은 일도 많다. 의욕이 넘쳐 죽음 생각조차 하기 힘들다. 50세를 전후로 갱년기에 접어들면 눈도 흐려지고 몸에서 이상 징후가 나타난다. 그때서야 사람은 나이 듦과 죽음을 깊이 생각한다.

'저를 잊어주세요.' 하며 커피 한 잔을 사약처럼 마시며 간단히 죽을 순

없다. 평상시 죽음을 준비할 밖에 없다.

죽음과 친구가 되는 법을 익힘으로써 좀 더 강하고, 편하고, 성숙하게 만들 것을 권한다. 목회자인 내 여동생은 나에게 죽음을 자연스럽게 받아들이는 방법을 메일로 전해왔다.

"죽음을 극단적으로 생각하지 말고, 정말 슬프고 끔찍한 일로 생각하지 말고, 또 다른 시작을 위한 준비로 여긴다면 그렇게 괴로운 게 아닐 거야. 후회 없는 생을 위해 가장 가까운 사람들과의 관계에서 덕을 품고 살아가야겠지. 이기심을 버리고, 선과 덕을 실천하고, 그리고 무엇보다 좋은 방법은 자신의 것을 포기하고 나누는 것이야. 언니."

"그래, 우리는 미소를 품고 살자. 후회 없이 살아가자."

여동생은 그동안의 자기 삶을 성찰하되, 죽을 때 과연 몇 사람이나 진정으로 슬퍼해줄지 나의 떠남을 돌아보고 좋은 일들을 계획하고 실천하는 절실함에 대해 이야기했다.

성당을 다니던 20대 초반 처음 영성 책들을 접했을 때, 내가 깨달은 가장 중요한 사실은 인생이 죽음을 준비하는 과정이라는 사실이었다. 이 말은 비관주의나 허무주의가 절대 아니다. 언젠가 죽는다는 사실을 고스란히 받아들이면 인생의 핵심만 보인다.

신앙을 가지면 이런 인생의 핵심을 분명히 하고, 더 깊어지기 마련이다. 나이가 들수록 영혼의 성숙을 위해서라도 신앙은 중요했다.

나의 엄마의 신앙은 동학에서 이어 나온 천도교였다. 외할아버지는 독립자금 나르시다 잡혀 비참하게 돌아가셨다. 엄마는 독실한 천도교 신자셨다. 독실한 기독교 신자들인 자매들과 또 로만 카톨릭 신자인 나와 신앙이 달랐다. 그래도 엄마 살아생전에 엄마의 천도교 종교 행사를 따라 모시고 다닌 일은 정말 잘했다는 생각이다. 모시고 다니면서 엄마의 열망과 외로움이 내 안에 깊이 들어왔다. 오직 자식 잘 되길 비는 엄마의 사랑을 더 깊이 깨닫게 된 계기가 되었다.

우리는 살아야 하고, 살아서 좋은 일을 많이 해야 한다. 인간의 최고 덕목인 겸허한 마음을 되찾고 많이, 아주 많이 사랑하기. 바로 여기에 죽음의 의미가 있는 것이리.

엄마에게 '사랑해'라는 말을
매일 하며 살아도 아쉬운 인생이다.

14. 매일매일 통화하기

하루 5분 짧은 통화로 일주일이 행복해진다

병원에 입원해 계신 지 반 년이 넘었을 때였다.
몸이 많이 아파서 거동도 못하시는 엄마.
거의 매일 엄마를 일으켜 세우려고 전화를 했다.

"엄마, 보고 싶어 전화했어."

"그래, 고맙다."

"오늘 엄마 주려고 예쁜 치마 샀어. 운동도 하고 밥이랑 약도 잘 챙겨
먹고, 씩씩하게 보내야 돼. 엄마 오래 살아야 돼. 우리 자식들이 얼마나
엄마를 사랑하는 줄 알지? 사랑해."

'사랑해'란 말이 끝나자 가슴이 벅찼다. 잃어버릴까 두려워 터져 나온
'엄마'란 말, 천 번을 부르고 천 번을 사랑한다고 외쳐도 부족했다. 먼
바다를 바라볼 때처럼 현기증이 났다. 눈이 내릴 것 같았다. 흰 알약 같
은 눈이. 한쪽 눈을 실명한 엄마의 눈과 마음에 흰 눈이 내리고, 엄마를
휘감았던 지독한 병의 독이 모두 씻어내리길 바랐다. 생계를 짊어진 자
의 희망의 독, 외로움의 독, 삼팔선 너머 생사 모를 동생들을 그리워한

이산의 독까지⋯⋯. 하루하루가 더욱 간절하고 가슴 저릿저릿했던 시간들 속에서의 애절했던 통화.

우리가 꿈꾸는 행복 속에는 '사랑해'라는 단어가 있다. 가장 유치하지만 가장 아름다운 말. 그 솔직하고 아름다운 말을 왜 그리 생략하며 사는지⋯⋯.

엄마에게 '사랑해'라는 말을 매일 하며 살아도 아쉬운 인생이다. 주말이면 친구랑 애인이랑 놀러갈 궁리를 하면서 휴대폰 한 번 눌러 부모님 안부 인사 는 왜 그리도 야박한지. '사랑합니다.' 애인에게는 수도 없이 하는 그 말, 엄마에게는 얼마나 자주 할까? 묻고 싶다.

마음은 그렇지 않은데 쑥스러워서 못하겠다는 사람도 많다. 입으로 자꾸 되뇌이면 처음에는 힘들어도 잘하게 된다. 말하면서 더 사랑하는 마음이 생기기도 한다.

엄마와 매일 좋은 소식 나누기. 자식이 먼저 던지는 사랑의 인사는 엄마의 인생에 큰 용기가 될 것이다. 새로운 활기와 새로운 기쁨과 사랑의 환한 날개를 달고서.

Cour Du Jardin, Henri Martin

15. 함께 있어 주기

이것이 최고의 사랑이다

꿈 속에서조차 볼 수 없는 엄마.
저녁 하늘 따사로운 바람 속에서
나는 나직하게 엄마를 불러보았다.

"엄마, 천국은 따뜻하죠? 오늘은 유난히 그립고 보고 싶네요. 못해드린 게 많아 늘 아쉽고 미안해요. 엄마만한 여자가 없다면서 재혼은 꿈도 안 꾸셨다. 아버지. 여전히 엄마를 사랑하고 그리워하는 아버지가 고마워요. 저녁 바람이 엄마 손길처럼 부드러워 자꾸 눈물이 나네요."
보고 싶은 엄마. 하늘나라 가신 지 벌써 10년이 되었다. 어느 봄날 저녁에 부르셨던 노래 〈반달〉. 그 노래를 떠올리며 엄마 살아생전에 써드렸던 내 시집 〈해질녘에 아픈 사람〉에서 한 편을 나직이 읊어본다.

추운 꽃이 내게 안겨오네
추운 길이 내게 밀려오네

배고프고 배고파서
북녘 애들 연변으로 도망치네
북녘 아이 노랫소리 사무치네
~푸른 하늘 은하수 하얀 쪽배에
~계수나무 한 나무 토끼 한 마리
반달 노래 어머니 따라 부르시네
북녘에 남은 동생들 그리워 우시네

봉화불처럼 타오르는 반달 노래
가슴을 태워가네 하늘을 찢어가네

엄마가 불렀던 그 노랫가락도 이제는 그리움으로 가슴을 조용히 태워
간다. 언젠가 엄마가 살아계셨다면 제일 먼저 해드릴 게 무엇일까 생각
해 보았다. 맛있는 한 끼 식사, 고즈넉한 곳으로의 여행…….
여동생에게 물으니 "언니, 나는 무엇보다 엄마의 얘기를 많이 들어주
고 싶어." 한다.
"그래, 엄마 얘기를 들으려면 함께 해야 하는데, 돌아가시기 전에 함께
보낸 날이 많지 않아 늘 가슴이 아파."
여동생은 자식들 중에서 늘 엄마를 챙겨주고 엄마 얘기를 가장 많이 들
어주었는데도 엄마와 더 많은 얘기를 나누지 못해 가슴이 아프다고 했
다. 참으로 나도 엄마에 대해 모르는 것도 많았고, 함께 한 시간이 생각
보다 짧았다.

"나는 무엇보다
엄마의 얘기를 많이 들어주고 싶어."

The Garden Bench, James Tissot

엄마의 이름은 잊을 때가 있다. 너무나 익숙하다 보니
우리는 어머니의 가치나 아름다움, 고귀함을 잊고 살 때가 많다.

Gustav Klimt, Le tre età, 1905

16. 일대기 되돌아보기
엄마의 인생을 제대로 알고 싶다면

> 엄마가 의식을 잃고 쓰러졌을 때
> 나는 병원 침상에 붙은 엄마의 명찰을 보고
> 잠시 멈칫했다.
> 명찰에 써 있는 이름이
> 한없이 낯설게 느껴졌다.
> '김정숙'
> 엄마의 이름마저 잊고 살았던 걸까.

마음의 여유를 찾게 되어서야 사랑하는 사람의 소중함을 깨닫게 되나 보다. 병상을 지키다 보니 엄마 생김새도 다시 보이고, 엄마의 인생도 다시 보였다. 수술 후 회복기간에 나는 엄마의 인생 역정을 여쭤 보았다. 또 엄마의 꿈 얘기도 들었다.

"혼이 있긴 있나 봐. 명절 때면 꿈에 네 외할아버지가 허허벌판에서 흰 옷을 입고 계시는 거야. '아버지 웬일이세요?' 했더니 하도 배가 고파서 밥과 국 한 그릇을 얻어놨는데 뜨거워서 못 들겠구나, 하시며 싸늘한 입김처럼 사라지시더구나."

엄마는 이산가족 1세대다. 그래서 어릴 때부터 나는 6 · 25전쟁과 1 · 4후퇴 이야기를 무던히도 들으며 컸다. 엄마가 외가 식구들을 사무

치게 그리워하는 걸 늘 안타까워하며 자랐다. 그러다 엄마의 병상을 지키며 나는 엄마의 일생을 처음으로 찬찬히 들여다보게 되었다. 엄마 덕분에 우리 남매들은 성실하며 옹골차게 자랐다. 학교에 빠지는 건 있을 수도 없는 일이었다. 사남매 모두 고등학교까지 개근상을 탈 정도로 성실했다. 밥도 남길 수 없었다. 굶는 사람들을 생각하면 어찌 밥 한 톨을 남기느냐고 엄마는 말씀하셨다. 또한 그런 강인함만큼이나 벌레소리와 꽃향기에도 감동하고 감성이 섬세했다. 나는 그런 엄마의 인생을 글로 늘 써내고 싶었다.

엄마가 숨을 거두시고, 우리 자식들은 장례식장에서 약소하나마 엄마의 일대기를 걸었다. 어떻게 살아온 인생인데, 조용히 허망하게 보내드릴 수는 없었다.

내 엄마의 존함은 김정숙. 고향은 평북 선천군 선천면 일신동. 스무 네 살 때 남편 신하철을 만나 신식 결혼식을 올렸다. 슬하에 아들 하나, 딸 셋을 두었다. 가족과 떨어져 혼자 이남에서 살아왔어도 늘 꿋꿋했고 서슬 퍼런 군사정권 시절 형사들에게 꽉꽉 고함을 지를 정도로 용감했다. 연약했지만 단단했다.

영웅들은 그들의 인생을 전기로 남긴다. 나의 엄마는 내 영웅이시다. 이 세상 모든 엄마가 그러하리라. 엄마는 위대하다. 그러니 당신도 엄마의 인생을 잊지 말기를.

나의 엄마는 내 영웅이시다.
이 세상 모든 엄마가 그러하리라.
엄마는 위대하다.
그러니 당신도 엄마의 인생을 잊지 말기를.

Ida Reading a Letter, Vilhelm Hammershoi, 1891

17. 손편지 쓰기
정성 들인 편지는 못 잊는다

엄마가 돌아가시기 하루 전 날이었다.
엄마의 임종이 가까워진다는 소식을 접했다.
식구들의 눈망울은 시뻘게진 채로 눈물이 가득했다.
눈앞이 캄캄했다.

우리는 올 것이 왔구나 하는 절망감과 슬픔에 서로 끌어안고 울었다. 엄마와의 작별을 수없이 각오했어도 그것은 큰 충격이었다. 조만간 엄마를 볼 수 없고, 엄마의 몸이 우리들 곁에서 사라진다는 사실을 받아들이기 힘들었다.

1년 2개월 동안 의식불명의 시간들 속에서 엄마는 무언, 무표정으로 이렇게 말하시는 듯했다.
"너희들과 아버지와 좀 더 같이 있고 싶구나."
엄마는 오랜 입원 생활로 몸이 썩어 들어가는 상태에 이르셨음에도 가족과 함께 계시려 했다. 나는 눈빛에서 그것을 읽어낼 수 있었다. 그래서 더 애가 탔다. 그런데 그 시간들도 빠른 속도로 사라졌다.

엄마에게 하고픈 말들이 가슴 가득 고여갔다. 안타깝고 아픈 심정 말로
다 할 수가 없었다. 식구들 모두가 똑같았다. 엄마에게 마지막 인사를
어떻게 전할까 고민하다 나는 최선의 아이디어를 냈다.

내 역서 《포스트 잇 라이프》에서처럼 엄마에게 사랑의 인사를 전하자
고, 하고픈 말을 편지로 적어 엄마 마지막 가시는 길에 드리자고 제안
했다. 그래서 밤새 식구들은 편지를 썼다. 나는 시로 대신했다. 장례식
장에 엄마가 살아온 일대기를 기록하고 우리의 편지를 붙였다. 그 전체
틀은 조카 유진이가 담당했다. 역시 엄마와 가장 많은 시간을 보냈고,
엄마를 가장 많이 이해하고 돌본 여동생이 쓴 편지가 식구들을 울렸다.

사랑하는 엄마를 떠나보내며.

엄마, 언제나 불러도 다시 부르고 싶은 엄마!

언제나 엄마의 자리에 변함없이 계셨기에 우리는 안정되게 자랄 수 있
었답니다.

저희 사남매를 잘 키워보시려고, 자신은 찬밥을 들더라도 따뜻한 밥그
릇을 저희에게 양보하셨어요. 인생의 연륜이 깊어가니 엄마의 그 깊은
마음을 절실히 깨닫게 됩니다.

사남매의 학비를 채우려고, 엄마는 멋진 옷, 좋은 음식 마다하시고 꼬
깃꼬깃 접은 지폐 조각을 모아 놓으셨어요.

다 장성한 저희에게 이제 너희는 살 만하니 걱정 않는다면서, 엄마는
북녘에 남겨둔 동생들과 다시 만날 날을 위해 허름한 신문지에 눈물어
린 지폐 조각을 또 모으기 시작하셨지요. 엄마의 삶은 저희 사남매에게
는 그 누구와도 비길 수 없는 숭고한 삶이셨고, 아름다운 삶이셨습니

다. 당신은 우리의 인생 모델이셨습니다.

이미 너덜해진 휴지 조각도 챙겨 놓는 당신의 삶 속에서 우리는 '절약'을 배웠고, 혼신의 힘을 다해 가족을 섬기던 당신의 모습 속에서 '희생'을 배웠습니다. 오랜 세월 모든 열악한 환경을 극복하시는 위대한 모습속에서 '인내'를 배웠고, 혹한 격동기 속에서 꿋꿋하게 남편을 내조했던 모습에서 '절개'를 배웠습니다.

침상에 누워 말 못하는 상황에서도 아버지를 하느님께로 인도하시고, 가족을 하나로 묶으시는 지독한 '사랑'도 배웠습니다. 이제 엄마를 떠나보낼 수밖에 없는 상황에 이르니 아쉬운 마음부터 앞섭니다.

사계절의 아름다움을 충분히 느낄 수 있도록 모시고 다니지 못했던 것, 좀 더 많이 엄마와 함께 수다시간을 갖지 못했던 것, 엄마 마음 속에 품어왔던 고향 '선천' 이야기, 할머니와 할아버지, 이모와 외삼촌 이야기를 충분히 들어드리지 못했던 것, 엄마와 함께 좀 더 많은 시간을 지내지 못했던 것, 그 모든 순간순간이 아프고 아쉬울 뿐입니다.

당장 엄마가 눈앞에서 안 보이면 너무 너무 보고 싶을 것 같아요. 너무도 그리워서 날마다 눈물을 훔칠 것 같아요. 하늘나라에서 엄마를 다시 만날 기대로 이 슬픔 견뎌볼게요.

내 사랑 엄마, 그래도 우리 가족 모두가 엄마를 얼마나 아끼고 사랑했는지, 우리 마음 다 아시지요? 이제 우리 천국에서 다시 만날 거잖아요. 그때 이곳에서 다 못 나눈 사랑을 함께 맘껏 펼쳐봐요. 엄마 사랑해요!

> － 2008년 1월 두 번째 장을 넘기며
> 엄마의 셋째 딸 현주가 씁니다.

누구에게든 손으로 직접 쓴 편지를 전해 보기.
되도록 엄마 살아계실 때 편지를 써 보기.

Writing Letter by the Window, Edmund Blair Leighton

여동생의 편지는 식구들을 울렸다. 여동생이 쓴 편지에는 나도 몰랐던 엄마의 모습이 있었다. 등록금 등 지폐를 신문지에 모아두었다는 사실에 그만 고개를 떨구었다. 그때만 해도 고향에 은행이 없어서 그랬겠지만, 엄마가 얼마나 정성을 다해 돈을 모으셨는지 알았기 때문이다. 형제들 저마다 기억하는 엄마의 풍경이 다름에 놀랐고, 새로웠고, 고마웠다.

우리 모두가 편지를 쓴 아홉 시간 후에 엄마는 숨을 거두셨다.

장례식장에 편지와 엄마의 사진, 엄마 일대기를 적어 곱게 걸었다. 많은 분들이 오셔서 함께 아파하고 슬퍼해주셨다. 그때 내가 회원으로 있는 작가회의 사무총장이셨던 시인 도종환 선배님께서 수많은 장례식에 가봤어도 고인의 일대기와 고인에게 보내는 편지를 걸어둔 걸 보기는 처음이라는 말을 해주셨다. 큰 격려가 되었고 고마웠다. 그럼에도 편지는 결국 남은 자들에게 더 큰 치유가 될 뿐이란 자괴감과 함께 엄마에 대한 미안함이 몰려왔다. 그래도 마지막 편지 쓰기를 잘 했다.

아버지를 잃고 엄마를 잃는 상실감은 인생에서 가장 큰 고통이다. 아버지가 돌아가신 후 몹시 화가 났었다고 한다.

"언니, 인생은 부모를 잃은 자와 아닌 자, 둘로 나뉘는 것 같아. 부모 잃은 슬픔은 아직 잃지 않은 사람은 도저히 이해할 수 없어. 얼마나 화가 났는지 꿈에 차들을 다 부수고 다녔다니까."

나는 화보다 가슴이 뻥 뚫려 버린 듯 6개월을 슬픔 속에서 헤어나기 힘들었다. 그나마 엄마 잃은 슬픔을 시로 풀 수 있어 위로가 되었다. 시 〈엄마의 유언, 사랑을 누려라〉를 쓰면서 조금은 상실감을 이길 수 있었다.

편지를 쓰거나, 나 같은 작가들은 작업하면서 마음을 풀 수 있으니 그나마 마음 치유가 된다.

엄마의 영혼도 분명 우리의 편지를 보고 우시고, 우리가 전한 사랑의 인사로 평화로워지셨으리라.

누구나 한 번쯤은 소중한 사람에게 편지를 받거나 쓴 경험이 있다. 가족에게, 친구에게, 연인에게, 혹은 이웃에게 정성을 다해 마음을 전하는 일. 소소하지만 신비하고 황홀한 기적이 아닐까. 캄캄한 방에 머물다 따스하고 달걀 같은 태양을 만지는 듯하다.

어떤 관계든 진심을 다한 편지로 더 끈끈한 관계가 이어지고, 오해가 풀리고, 사랑이 돈독해진다. 쓰는 입장에서 때로 미어지는 슬픔을 덜고 사랑을 전하는 가장 훌륭한 전달매체가 편지일 것이다.

누구에게든 손으로 직접 쓴 편지를 전해 보라. 되도록 엄마 살아계실 때 편지를 써 보라. 이렇게 또박또박 당부하고 싶다.

Abendsonne im Moor, Heinrich Vogeler

18. 똑같은 취미 갖기
취미만 통해도 평생 친구

엄마를 생각하면
20여 년을 산 한옥집이 생각난다.
고향집 담장 위를 달리던
푸른 도마뱀이 어른거리고,
달큰한 사과나무 냄새.
광과 마당과 채마밭이 딸린 집.

앞마당에 심은 흰 백합, 소금처럼 흩날리는 아카시아 꽃잎. 눈이 멀도록 아름다워. 아아아. 소리치면 아무 걱정 없던 어릴 때 추억의 시간이 돌아와 메아리친다.

엄마가 채마밭에서 밭농사를 하며 식물들을 기르고 나무를 가꾸는 걸 보고 자란 나는, 엄마의 영향을 크게 받았다.

거창하게 외치는 입장은 아니지만 심플리스트인 나의 중심은 신앙심과 이어진 간소한 행복과 청빈한 삶이다. 자식 교육과 생계 때문에 도시에 살고 있지만 언제나 자연 속에 푹 파묻혀 살고 싶은 마음이 가득하다. 엄마가 좀 더 오래 사셨다면 함께 취미로 화초와 화단 가꾸기를 아낌없이 나누었을 것 같다.

거친 삶을 억세게 헤쳐 오셨지만 엄마가 얼마나 여리고 곱고 따스한 심성의 여자였는지 이제는 안다. 엄마랑 많이 다투었고, 구박받았다고 생각되는 날에원망도 했었다. 그 다툼, 잔소리조차 내가 잘 자라기를 바라는 애정임을 왜 모르겠는가.

아이를 키우며 때로는 야단치면서 엄마를 내가 얼마나 힘들게 했나 뼈아프게 깨닫고 후회하고 아파했다.

나무와 풀은 비와 바람으로, 햇빛으로 생명을 이어가고 서로의 마음을 주고받으며 넘나든다. 사람살이도 그렇게 말없이 넘나들며 마음을 전하는 것일 게다.

엄마가 살아계셨다면 마술 부리는 손으로 꽃과 나무에 물을 주며 한가로운 시간을 보내는 어느 일요일이 있었을 것이다. 식물을 통해 생명의 근원을 발견하고, 초록의 싱그럽고 풍요로운 세계 속에서 행복한 한 시간을 누렸을 것이다.

작은 화분 하나 키우는 것이라도 좋다. 당신도 엄마와 함께 같은 취미를 골라 무언가를 함께 일구어 보라.

나무와 풀은 비와 바람으로,
햇빛으로 생명을 이어가고 그처럼
사람도 서로의 마음을 주고 받으며 이어간다.

Agnes Noyes Goodsir

3부

사랑할 수 있는 한
사랑하라

오랜 꿈을 풀 수 있도록
　　　용기를 북돋아주기를

The Sketchers, John Singer Sargent, 1913

19. 한 풀어 드리기
한을 남겨 드리는 것은 노력이 부족한 탓

> 세상엔 거저가 없다.
> 꿈도, 희망도, 사랑도 노력이고 쟁취더라.
> 아름다운 풍경도 저마다의 노력으로
> 존재하는 것임을 이제는 알겠다.

풀은 풀대로, 나무는 나무대로, 바람은 바람대로 다 저마다 노력하고 있다. 꿈꾸고, 숨쉬고, 흐느끼는 충실함으로. 저마다 후회나 한 맺힘 없이 꿈을 이루려 몸부림치고 있다.

"인생? 열심히 살다가 발버둥 치다가 가는 거지. 또 그게 아름다운 거야. 없는 가운데에서도 행복을 느낀다면 더 이상 바랄 게 없지."

아침에 친한 지인에게 받은 문자 내용이다. 만사를 긍정적으로 생각하며 꾸준히 인생을 탐구하는 그녀와의 통화는 즐겁다. 그 말이 맞다.

내가 언제 강의를 나갔던 평생교육원의 학생들은 20대부터 50대까지 주로 때를 놓쳐 뒤늦게 공부하려는 분들이었다. 대부분 낮에는 직장생활을 하거나 살림하느라 힘들 텐데도 결석 한 번 않고 저녁 수업에 꼬박 참석하는 걸 보면 존경심마저 들었다. 내 수업만이 아니라, 그림을 배우러 다니거나, 춤을 배우거나 여러 취미로 배우러 다니는 모습은 감동적이기도 했다. 배움에는 나이가 없다는 것을 나도 학생들을 가르치면서 늘 배우곤 했다.

우리의 엄마들에게도 오래된 꿈이 있을 것이다. 그러나 살림과 자식 양육, 심지어 생계까지 도맡아 하느라 꿈을 포기한 엄마들이 얼마나 많을 것인가. 자식들은 그 꿈을 풀어드려야 한다. 절대 그냥 흘려보내서는 안 된다.

내 강의를 듣던 수강생 J의 이야기다.

어느 날 J가 엄마에게 요즘 뭐 해보고 싶은 것 없느냐고 물으니 그녀 엄마가 이러더라는 것이다.

"내가 여중 시절 때 예술인이 되고 싶었잖아. 남들 앞에서 노래 부르고 악기도 연주하고. 국악 하는 선배들이 사물놀이를 하는 모습이 참 멋져 보였는데."

엄마의 꿈을 얘기 듣고, 마음에 회한이나 남지 않으시게 J는 문화센터의 국악반에 등록을 해 드렸다.

그 후 사느라 바빠 J와 가족들은 엄마 일을 까맣게 잊고 지냈다. 엄마에게 맡긴 애를 찾으러 갔을 때 장단 연습하는 엄마의 모습을 보며, 배워도 얼마나 잘하실까 생각한 정도였다. 그런 어느 봄날 J의 언니에게 연락이 왔다.

"엄마가 공연하신댄다."

우리가 수강증 끊어 드린 국악반에서 공연한다는 말을 듣고 공연 당일

큰 기대 없이 보러 갔다. 한복도 곱게 차려 입으신 모습이 그동안 애나 돌보던 할머니라고는 믿기지 않을 정도였다. 울고 칭얼대는 손자들과 따사롭게 감싸주는 거 없이 투덜대는 남편 옆에서 잘 견디며 사신 엄마가 J는 빛나 보였고, 자랑스러웠다. 엄마는 가슴 안에 숨겨둔 열정을 무대에서 모두 발산하시고는 감격과 식구들의 칭찬에 겨워 눈물을 흘리셨다.

"딸들 덕에 내 꿈을 이루었구나. 참 고맙다."

그동안 엄마 꿈을 헤아리지 못한 미안함을 느낀 J는 엄마에게 이렇게 칭찬의 말을 전했다.

"엄마는 세상에서 가장 멋진 여자예요, 파이팅!"

엄마가 오랜 꿈을 풀 수 있도록 용기를 북돋아주기 바란다.

"다 늙은 내가 이제 와서 무얼 하겠니. 됐다, 됐어."

아마 엄마들은 분명 이런 말을 먼저 하시겠지. 물론 망설임도 클 것이다. 그래도 다시 한 번 관심을 기울여 권유해 보라. 엄마의 손을 따뜻하게 잡고서 이렇게 말해 보라.

"엄마 나이가 어때서. 뭐든 할 수 있어. 내가 든든한 지원자가 되어줄게."

어떤가? 인생을 축제로 만드는 딸과 엄마가 되는 것이.

20. 단 둘이 여행가기
이렇게 좋아하시는데 진작 해드릴걸

> 나는 항상 '지금'이
> 가장 중요한 때라고 생각한다.
> 지금 내게 이어진 사람들이 소중하다.
> 지금 소중한 존재, 감사한 일은 흔한 일은 아니다.
> 지금 나의 노력에 따라 부모님과의 사이도
> 훨씬 따사롭고 행복하게 바뀔 수 있다.
> 나는 노력 없이는 그 누구와도
> 친밀해질 수 없음을 참 늦게 깨달았다.
> 모든 것은 결심의 문제다.

함께 걸을 수 없는 날이 오기 전에 지금 떠나라.

아름다운 자연 속에서는 마음이 둥글해지고 부모와 자식 간의 정은 더욱 두터워지기 마련이다. 살아갈 날이 많이 남은 우리는 그런 친밀한 여행을 자주 꿈꿀 수 있지만 엄마와는 마지막이었다. 그래서 더 아프고 소중한 기억이었다.

휴양림에서 하루를 보내기로 하고 함께 찌개를 끓여 맛나게 먹고, 빔 프로젝트로 영화도 본 기억은 지금껏 애틋하다. 함께 회를 먹고 일몰을 보기 위해 함께 했던 추억이 너무나 소중해졌다. 나의 엄마가 내게 평소 때 하신 말이 유언이 될 줄은 몰랐다.

사람은 사랑으로 강해지고
사랑의 능력 속에서 커 간다

Maternité, George Hitchcock, 1889

A Quiet Read, Walter Langley

21. 엄마만의 제2공간을 갖게 해 드리기
아늑하고 여유롭게 쉴 자리를 위하여

K는 50대가 되면서
10년간의 지극히 불행했던 결혼생활에
종지부를 찍었다.

사람들은 인생 후반부에 접어든 그녀의 이혼을 의아해했지만 K는 아주 편해 보였다. K는 익숙했던 도시를 떠나 다른 도시로 이사하면서 완전히 새롭게 홀로서기를 시작했다.

그동안 자신이 스스로에게 얼마나 소홀했는지, 얼마나 자신을 사랑하지 않았는지 깨달았다. 그녀의 심신은 지칠 대로 지쳐 있었고 외로웠다. K는 머릿 속을 복잡하게 하는 온갖 고단한 생각들을 접고 아주 단순하게 생활하기로 했다. 갖고 있던 많은 소유물을 팔아 빚을 청산했고, 혈혈단신이 되어 처음으로 자신이 원하던 진짜 인생을 누렸다.

"이렇게 인생이 홀가분해질 수 있다니. 나는 나를 괴롭히기만 했어."

K는 남들에게 질세라 숨차게 달려오기만 했다. 순간순간 너무 아프고 무거워도 이 삶을 멈추면 정말 끝일 것만 같아서였다. 그런데 정작 모

든 걸 내려놓으니 정말 아무 것도 아니더라고, 이렇게 가벼워질 수 있는데 그 사실을 너무 늦게 깨달은 것이 못내 아쉽다고 말했다. 그녀는 떠나고 싶을 때 훌쩍 여행을 떠났고, 그 여행 안에서 모든 길이 신과 이어져 있음을 깨닫고는 자신과 타인을 보살피는 일에 정성을 다하며 살아가고 있다.

한때 K는 허공 속을 걷는 듯 늘 기운이 없었는데 이제는 생기를 찾았다. 나는 그녀가 뒤늦게라도 자신의 인생을 찾고 누리게 된 것을 진정으로 축하했다.

누구나 자신만의 인생을 누려야 한다. 자식 입장이라면, 엄마가 얼마나 자신의 인생을 누리고 있는지 되돌아볼 일이다.

나도 마음이 갑갑하면 딸과 함께 무작정 여행을 떠나곤 한다. 쓸데없는 생각에 마음이 사로잡히면 조용한 작업 방에서 음악을 듣고 차를 마시며 마음을 달랜다. 나라도 나 스스로를 다독일 수 밖에 없다. 비록 두어 평밖에 되지 않는 작은 공간이지만 나는 내 공간이 있어 즐겁다.

아주 작은 일부터 시작해보자. 엄마의 인생을 찾아드리는 첫 번째 일은 엄마만의 제 2 공간을 갖게 해 드리는 것이다. 우리가 어디서 와서 어떻게 살고 어디로 흘러갈지, 왜 살고 있는지를 돌아보려면 혼자만의 시간과 공간이 절실하다.

부엌을 벗어나 엄마가 아닌, 아내가 아닌, 며느리가 아닌 한 사람, 한 여자로서 자신의 공간을 갖는 게 얼마나 중요하고 마음의 평화를 가져다주는지 자식들은 모른다. 작게는 기분이 바뀌고, 인생의 활력을 찾게 될 때도 있다.

눈은 가볍게, 호흡은 천천히, 어깨와 온몸의 힘을 쭉 빼고 복잡한 생각에서 벗어나면 가슴속에 창문이 생긴 것처럼 시원한 바람이 드나든다. 전혀 새로운 감성이 깨어난다.

쾌적하게 있을 수만 있다면 어디라도 상관없다. 집에 물건들로 가득 찬 방이 있다면 새 단장을 하고 엄마의 공간으로 바꿔드리기. 햇볕 좋은 베란다에 근사한 소파라도 놓아 드리기.

새로 찾아낸 카페 한구석, 조용한 전시장 로비, 동네 근처 공원이나 도서관 벤치 등 찾아보면 집안이 아니어도 어디든 있다.

잠시라도 내 공간이 생겼다는 사실만으로 풍요로운 감정과 아늑한 기분에 젖어 훨씬 인생이 여유로워질 것이다.

The Pork Butcher, Camille Pissarro, 1883

22. 함께 장보기
가장 좋은 것만 주고 싶은 마음

아침을 먹으려는데 유난히 입맛이 없다.

냉장고를 열어 보니 때마침 찬도 떨어졌다.

딸과 함께 장을 보려고 마트로 나서는데, 마을버스 안에서 딸이 손가락으로 내 팔을 살며시 누르며 말하는 것이다.

"엄마, 내가 왜 세뱃돈이랑 잔돈 열심히 모으는 줄 알아?"

"왜?"

"백만 원 모아서 엄마 줄 거야."

순간 나는 울컥했다. 며칠 전 설날에 딸은 친지들에게 받은 세뱃돈을 자기 지갑 속에 꼭꼭 챙겨 넣었더랬다. 그 돈으로 레고를 사겠다는 것도 아니고 엄마에게 준다니. 따스한 기운이 내 몸을 덥혀왔다. 잔잔한 감동과 보람을 느꼈다. 그리고 조금 부끄러웠다. 내가 그동안 자린고비 정신을 너무 심어준 건 아닐까. 그때 '아름다운가게'에서 대박친 옷들을 너무 많이 사 입혔나 반성하며 딸에게 새 옷과 신발을 사주었다.

이렇게 딸과 함께 장을 보러 갈 때면 어릴 때 엄마와 나는 시장을 보면서 신기했던 건 어떤 야채가 신선한지 아닌지를 한눈에 알아보는 엄마의 눈맵시였다.

"이거 팔팔한데."

"엄마, 그런 건 뭘 보고 알아?"

아가미 속도 들추고 지느러미도 짚어가며 흡사 전문가답게 얘기하는 엄마가 신기했다. 과일가게 아주머니가 슬쩍 무른 과일을 담을라치면 "에이, 옆에 사과가 더 좋은 건데 왜 그걸 담아요." 하고 억척스럽게 좋은 것으로 담게 하셨다.

세상의 모든 엄마들은 이렇게 억척스럽고 생명력으로 가득한 빛나는 모습을 지녔나 보다.

엄마에게 시장이란 내 가족에게 가장 좋은 걸 입히고 먹이고 싶은 욕망, 바로 사랑이 투영되는 신성한 공간이다. 지금 다시 엄마 손을 잡고 '강서면옥'에 들러 자장면 곱빼기를 시켜먹을 수만 있다면 소원이 없겠다. 몸이 나른해지는 주말, 엄마와 함께 손잡고 장이라도 보러 가는 건 어떨까.

The Sick Chicken, Winslow Homer, 1874

23. 지구 살리기
엄마가 가르쳐준 간소한 삶이 생명을 구한다

"아이고, 불쌍해서 저걸 다 어쩌누."

후배와 통화를 하다가 전화기에서 새어나오는 목소리에 놀라 물었다.

"너희 엄마 목소리 아니니? 무슨 일 있어?"

전화기 너머 들리는 후배 어머니의 목소리가 꽤 심각했다. "네. 우리 엄마 목소리예요. 구제역으로 땅에 묻히는 소들 보고 며칠째 저러세요. 불쌍하다 불쌍하다 하시며 눈물바람이라니까요."

사연을 들어 보니 그녀의 어머니는 아주 어렸을 때부터 소를 길러왔고, 아직도 주변에 낙농에 종사하는 분들이 많았다. 그래서 끔찍한 뉴스 소식이 남 얘기 같지 않았던 것이다.

그녀의 어머니는 눈시울을 붉히시며 인간들 욕심이 죄 없는 동물을 죽게 만들었다고, 당신은 이제 고기반찬을 먹지 않겠다고 선언하셨다고 한다.

더 많은 육류 소비를 위해 좁은 공간에 수십 마리의 동물을 한꺼번에 사육했고, 지저분한 환경과 스트레스는 동물들의 면역력을 떨어뜨려 결국 구제역에 픽픽 쓰러지게 되었다. 어디 그 뿐인가? 수많은 원시림이 베어지는 건 육류 소비를 위해 소 사육을 하려고 목초지를 개간하기 때문이지 않은가.

몇 년 전 여행길에 나는 후배 집에서 하루 묵게 되었는데, 후배 어머니의 환경 사랑은 그때도 참 대단했다.

"어찌 된 게 맹꽁이도 통 보이지가 않아."

산책길에서 요즘은 맹꽁이를 찾아볼 수 없다며 길게 혀를 차셨다. 십수 년 전만 해도 지천에 개구리와 맹꽁이가 있었고, 논과 밭은 훌륭한 체험학습장이었다. 그저 야외로 나가만 놀아도 저절로 자연 공부가 되는 시절이었다.

여고 시절 때만 해도 야간 자율학습이 끝나고 집으로 돌아오는 길에 밤하늘을 올려다보면 국자 모양의 북극성을 쉽게 찾아볼 수 있었다. 하지만 이제 그런 이야기를 딸에게 하면 오래전 전설처럼 믿을 수 없다는 표정이다.

나는 그나마 양말도 몇 번씩 꿰매어 신고, 종이 한 장도 쉽게 못 버리는 엄마의 영향으로 일찍부터 환경을 생각하게 되었다. 페놀사태 이후부터는 폐식용유로 만든 비누로 20년 넘게 설거지를 하고 있다. 가끔씩 사람들에게도 선물을 한다. 작게라도 지구 살리기 생활 실천을 조금씩 해왔다.

엄마가 말씀하신 대로 진짜 큰 일이 나고 말았다. 일본 지진과 쓰나미, 원전 폭발로 인한 피해가 오래도록 우리는 무거운 중압감에 몰아넣지 않았던가. 하루 지나면 쓰레기로 전락할 포장귀신은 재앙이 되고 있다. 포장을 최대한 줄이고, 재활용종이로 하든지 방책이 있어야 한다.

생전에 엄마가 보여준 단출한 삶, 소박한 생활과 절약정신이 한때는 답답해 보였다. 이제는 더불어 살기, 환경 살리기의 중요한 방법임을 절실히 깨닫는다.

더 젊은 날 엄마의 여러 사진을 남겼더라면
행복했던 순간을 더 기록했더라면

신현림 Shin HyunRim. Inkjet print. 2019

24. 사진과 비디오 찍기

사진 찍을 때마다 더 깊어지는 정情

눈을 뜨니 봄비가 내리고 있었다. 창밖을 보며 한숨 더 자려는데, 전화
벨이 울렸다. 늘 우렁우렁 기운찬 목소리의 아버지가 목이 쉬고 풀 죽
은 소리셨다.

"엄마 건강할 때 찍은 비디오, 어디 있니?"

"없는 것 같아요."

참들 무심하다는 낙담에 가까운 아버지 표정을 보고 아무 말도 할 수가
없었다. 전화를 끊고 보니 죄송스럽고 안타까웠다. 그러다 불쑥 떠오른
생각에 다시 아버지께 전화를 드렸다.

"아버지, 엄마 찍은 사진들 다 모아 드릴게요."

"그걸 모을 수가 있나. 시간이 많이 걸릴 텐데."

"조금 기다려주세요. 아버지 사랑해요."

통화를 마치고 마음이 애잔해졌다.

아버지가 엄마가 몹시 그리우신가 보다. 오래된 사진들을 찾아야겠다.
나는 조만간 엄마 사진을 인화해서 아버지께 드려야겠다고 다짐했다.
많지가 않아 아쉽고 아프다. 그리고 아버지의 모습을 반드시 동영상에
담아 그때그때 보여드려야겠구나, 다짐한다.

찰칵찰칵 소중한 순간을 담아 가족들이 예뻐 보이는 날, 봄비가 희망의
푸른 싹을 틔울 것이다.

혼자라면 혼자서라도 씩씩하게 잘 해내는 모습을
보여주는 것이다. 이것이 자식이 할 수 있는
최선의 사랑법이다.

Intimité, Eugène CARRIERE, 1889

25. 잘사는 모습 보여 드리기

가장 어려우면서 제일 확실한 효도

깊은 밤 친한 후배와 통화하던 중
자기 인연을 못 찾아 힘들어 하는
골드 미스 이야기를 나누었다.

일로 잡지사나 출판사, 방송국 등에 드나들 때면 짝 없이 나이 드는 참한 싱글들이 많이 눈에 띈다. 이것이 못내 안타깝다고 말했더니 후배는 운명론으로 받아들였다.

"인연이 있으면 만나고 아니면 아닌 거겠지. 아들이 눈치 없이 이 밤에 지 친구를 데리고 왔네. 귀찮지만 챙겨줘야 돼. 내가 한밤중까지 별 시중을 다 들어. 이게 결혼이야. 언니, 혼자 사는 것도 괜찮아."

"그렇다고 평생 혼자 살 수는 없잖니."

싱글인 나는 안 괜찮았다. 싱글 생활에 염증을 느끼는 터였다. 나는 다시 바늘로 홈질하듯 천천히 말을 이어갔다.

"대체로 사람은 가정이 주는 안정감 때문에 행복을 느끼는 거야. 부자들의 공통점이 있는데, 뭔지 아니? 한 사람과 결혼해 쭉 살아왔다는 거야. 그만큼 경제가 중요하기도 해."

"로안 졸링도 첫 결혼은 실패했지만 다시 좋은 사람 만나 안정감 있게 작품 활동 하는 것도 알아."

"누구? 해리 포터 작가 롤링?"

"로안 졸링이 아니고 조앤 롤링이구나. 안젤리나 졸리 때문에 헷갈렸다, 언니."

"하하하."

후배의 말실수에 웃으면서 통화를 마쳤다.

어두운 방, 창밖 희미한 불빛처럼 가느다란 엄마 목소리가 들려왔다.

"너는 꼭 물가에 내놓은 아이 같아. 혼자서 딸과 어찌 살아낼까 늘 걱정이다."

엄마는 늘 입버릇처럼 나를 걱정하셨다. 어려서부터 잔병치레가 많아서 골골댔고 낯가림도 심해 사회성이 모자랐다. 실패를 많이 해 본 탓인지 오래도록 불면증으로 고생한 것까지 나는 많은 세월 동안 엄마에게 민폐를 끼친 자식이었다. 특히 내가 짝 없이 혼자 사는 걸 늘 마음쓰신 걸 보면 역시 자기 짝을 만나 잘 사는 게 최고의 효도임은 분명하다. 내가 엄마가 되어서 더 공감한다. 내 딸이 좋은 배우자를 만나 평범하고 행복하기를 바란다.

오랫동안 싱글로 살아봤고, 이혼 전후로 온갖 풍파를 다 겪은 나는 인생의 후배들에게 결혼과 아이 낳기를 권한다. 얼마 전 20대 친구가 한 애기가 내 앞에 머문다.

"요즘은 성풍속도가 옛날과 천지차이예요. 다들 쉽게 만나지만 그만큼 쉽게 헤어지니까 오래 관계를 이어가는 경우가 드문 것 같아요. 애정의 조건이요? 사랑보다는 스펙이 더 중요해졌죠. 무엇보다 먹고 사는 문제가 중요해서요"

요즘 친구들을 보면 정말 쉽게 만나고 헤어지다 보니, 보이지 않게 상처들이 많다. 그래서 사람 안 만나기도 한다. "좋은 남자가 눈에 띄지 않는데 어떻게 만나요?"라고 묻는 친구도 많다. 나는 그럴 때마다 이렇게 얘기해주곤 한다.

"조금 모자라도 괜찮아. 조건은 서로 노력해서 좋게 만들어가면 되지."

많이들 완벽한 조건, 자신을 환히 비춰줄 등불 같은 연애만 갈망하는 듯 보인다. 쓸쓸히 홀로 늙어 갈지 모른다. 시대가 아무리 변했어도 엄마들은 자식들 시집장가 보내는 일에 최고의 의미를 둔다. 이것은 부모의 본능이다. 자식이 제아무리 괜찮아. 제아무리 잘 나가도 짝을 찾지 못하면 소용없는 일이 된다. 좋은 짝을 만나 행복하게 사는 모습을 보여드리기. 이것만 잘해도 당신은 이미 효녀다.

하지만 요즘 워낙 솔로들이 많으니, 혼자서도 씩씩하게 잘 해내는 모습을 보여주는 것이다. 조금이라도 걱정을 덜어주고 마음 편하게 해드리는 것이 자식이 할 수 있는 최고의 사랑법이다.

문득 엄마랑 손잡고
책방에 갔던 풍경이 눈 앞에 어른거렸다.
영혼을 가꾸는 사람으로 살길 바랐던 엄마.

Camille Redon Reading, Odilon Redon

26. 좋은 책 읽어 드리기. 시 읽어드리기
소금 같은 지혜가 깃들기를

인생을 좀 더 지혜롭게 헤쳐 나가기 위해서
독서가 중요하다. 아무리 인공지능시대,
4차 혁명시대라 해도
독서의 중요성은 강조해도 지나치지 않다.

좋은 책에 빠져 있을 때만큼 인생에서 만족감을 얻는 순간도 드물다.

나는 내 딸을 책 많이 보는 사람으로 키우는 게 꿈이다.

그래서 어렸을 때부터 무릎에 앉혀두고 이솝우화며 이야기 그림책, 동화책을 많이 읽어주려 애썼다.

딸이 다섯 살까지는 잠들기 전 두세 권의 책은 꼭 읽어주었다. 그 이후부터는 모녀가장으로 밥벌이와 살림할 시간도 부족했으나 딸은 책을 좋아하는 아이로 자라주었다.

어젠 폭우가 쏟아져 애를 데리러 학교에 갔다. 딸은 도서관에서 책을 보고 있었다. 나는 기뻐서 딸의 어깨를 두드리며 외쳤다.

"아니, 네가 내 딸이란 말이냐. 너무 멋지다."

딸은 흐뭇해 하며 내 팔을 껴안았다.

딸애의 손을 꼭 잡고 집으로 돌아오는 길, 쏟아지는 폭우에 젖는 기분 조차 즐거웠다.

문득 엄마랑 손잡고 책방에 들어갔던 풍경이 눈앞에 어른거렸다. 아무리 세월이 가도 아련히 그리워지는 풍경이다. 엄마 또한 나와 같은 마음이었을까? 내가 책을 가까이 하며 지혜롭게 살기를 희망하셨을까? 분명 엄마는 책읽기의 소중함을 알고 계셨다.

고 1때 사준 엄마가 사준 세계시인선집을 김 한 장 두 장 씹어 먹듯 시 한 편 두 편 읽어 내려갔다. 〈딸아, 외로울 때 시를 읽으렴〉 같은 책이었다. 한 편을 읽고 '아, 시가 좋구나'라는 느낌이 왔다. 또 다시 보고 싶을 때면 아무 페이지나 펼쳐보곤 했다.

이상하게도 남동생과 김수영의 시를 같이 읊던 날도 기억난다. 엄마에게 나의 시를 읊어드린 어느 봄날도 잊을 수 없다.

시라는 건, 책이라는 건 소소한 일상 속에서 아주 특별한 향기를 내뿜는다.

꼼꼼히 음미한 책 한 권의 향기는 인생을 제대로 살고 있다는 기쁨을 준다. 내 영혼을 지닌 사람으로 향기롭게 살아 있음을 느낀다. 어쩌면 엄마는 그걸 일러주려고 그날 나를 책방으로 데려가셨나 보다. 그렇게 엄마가 사준 책과 친하게 되면서 나는 시에 끌리기 시작했다. 그리고 그날의 경험이 오늘 날 나를 시인으로 만들어주었을 것이다. 이제까지 나는 내 딸을 위해 많은 책을 읽어주었지만 정작 엄마를 위해서는 단 한 권의 책도 읽어드린 적이 없다. 몇 편의 내 시를 읽어드린 게 전부다. 이 것이 늘 가슴 저릿하다. 엄마에게 좋아하는 책의 한 구절, 유행하는 소설을 읽어 드려보라.

시간을 미루지 말기를 빈다.

지금 당장 전화나 문자로라도 엄마가 좋아하실 글이나 시를 전해보기를. 그렇다면 이 순간 추억이 만들어지는 것이다.

따끈따끈한 하얀 호빵처럼 맛있는 추억이…….

삶의 열정과 활력을 지속시킬 수 있게 도와 드리기.

A Summer Evening, Leopold Franz Kowalski, 1856

27. 함께 산책하고, 운동 다니기
손잡고 뛰면 인생이 길어진다

내가 스물여덟 살 때
엄마는 58세였을 것이다.
병원에서 백내장 진단을 받고
수술을 하시게 되었다.

30년간 공휴일과 명절에도 쉼 없이 가게를 여신 엄마였다. 지금 생각해도 엄마의 성실함은 늘 내게 자극이 되어 게으르게 보낼 때 커다란 채찍질이 되어준다. 하지만 가족을 위해 자신의 몸을 돌볼 새도 없이 산 엄마에게 돌아온 것은 병마였다.

엄마의 건강을 어떻게 챙겨드리고 체크해드려야 할지 구체적으로 생각하지 못했다. 엄마를 챙기는 건 언제나 세심하고 꼼꼼한 성격의 여동생 몫이었다. 여자 자매가 많아 무뚝뚝하고 털털한 성격의 나는 늘 뒤로 빠지곤 했다.

그때 식구들 모두 직장과 학교에 매인 몸이어서 실업자에 싱글인 내가 엄마 병상을 지키게 되었다.

입원한 날 밤, 환자를 체크하러 온 간호사가 엄마를 보고 하는 칭찬에 나는 놀랐다.

"어머니가 참 곱고 미인이시네요."

그제야 나는 엄마가 예쁜 사람이구나 하고 깨달았다.

그러고 보니 여고 1학년 때 친한 친구의 아빠가 엄마랑 인사를 나눌 때
에도 이런 말을 했더랬다.

"우리 딸이 현림이 엄마가 미인이라고 하더니, 정말 미인이시네. 현림
이는 좋겠네."

같이 있던 나는 엄마가 미인이구나, 하고 새삼 자랑스러워했던 기억이
어렴풋이 났다.

지금 나는 참 많이 후회하고 있다. 혼자 좋은 공기 쐬며 거닐 게 아니
라 엄마를 부축해 천천히라도 함께 걸을 것을. 엄마랑 함께 산책 다니
며 운동하실 수 있게 해드렸다면 1~2년이라도 더 사실 수 있었을텐
데……

우리는 누구나 녹슬고 사라진다.

그러나 얼마나 현명하게 노후를 준비하느냐에 따라 삶은 달라진다. 우
리가 상식으로 아는 건 많지만 그것을 실천하기란 참 쉽지 않다.

매일 30분 동네 한 바퀴를 뛰거나 가볍게 산책만 해도 심장, 혈관 콜레
스테롤 수치, 골밀도가 좋아진다. 몸이 자극을 받게 되면 뇌의 혈액순
환이 좋아지고 더 많은 신경전달물질이 생겨 기억력 저하나 우울증에
걸릴 확률이 낮아진다. 부지런한 움직임이 신경세포 유지와 두뇌 회전
의 훌륭한 자극제라고 하니, 열정에 차서 사는 수 밖에 없다.

더 늦기 전에 엄마와 함께 산책하거나 가볍게 운동하는 시간을 가져 보라.

1년에 한 번은 잊지 말고 건강검진을 챙겨 드리라.

엄마의 '아프다'는 말 한 마디 허투루 듣고 넘기지 말라.

삶의 열정과 활력을 지속시킬 수 있게 도와 드리기.

같이 연이라도 날려보고, 궁궐 산책이라도 돌기.

부디 잊지 말고 챙겨 드리길.

엄마를 잃은 자의 간곡한 부탁이다.

정명식 Jeongmyeongsig

28. 패셔니 스타 만들어주기
기품 있게 나이 드는 행복

봄 물결에 마음을 싣고 와인을
커피 잔에 따라 마실 때였다.

마침 딸이 하는 말이 가시처럼 목에 걸렸다.

"엄마 기품 있게 와인 잔에 따라 마셔."

나는 창피했고 서글펐다. 그래도 딸의 성장은 금세 기쁨으로 바뀌었다. 모처럼 고급 와인을 마시면서 눈에 눈물이 글썽했다. 나도 와인을 '기품 있게' 마시곤 했는데. 투명하게 울리는 와인 잔의 경쾌함을 음미하면서.

하지만 엄마가 되고 나니 식은 밥 먹기 일쑤였고 자식이 먹다 남은 음식 먹기 다반사였다. 이제는 원하는 만큼 잠을 잘 수도 없고, 머리 빗고 멋지게 화장할 여력도 없다. 딸이 어질러 놓은 물건에 걸려 넘어지질 않나, 만화도 BTS에도 같이 열광하게 되었다.

누가 울어도 가슴 찢어지게 아픈 정도는 아니었다. 하지만 내 딸이 울면 속이 새까맣게 탔고, 딸이 웃으면 엄마 자리는 천국이 되었다.

내 몸 밖의 또 다른 나…….

이토록 자식이 내 삶을 바꾸고 영향을 주게 될 줄 몰랐다. 이런 인생의 신비를 볼 때마다 하느님께 감사한다. 내가 이토록 자식을 아끼고 사랑하는 사람이 될 줄 예전엔 진정 몰랐다.

어느 엄마의 일기를 보면서 나는 엄마의 운명을 절감했다.

미안하구나, 아들아. 그저 늙으면 죽어야 하는 건데…….

모진 목숨 병든 몸으로 살아 네게 짐이 되는구나.

요양원에서 사는 것으로도 나는 족하다.

그렇게 일찍 네 애비만 여의지 않았어도

땅 한 평 남겨줄 형편은 되었는데…….

못나고 못 배운 주변머리로 가난만 물려주었구나.

내 한입 덜어 네 짐이 가벼울 수 있다면 좋겠다.

어지러운 아파트 꼭대기에서 새처럼 갇혀 사느니

친구도 있고 흙이 있는 여기가 그래도 족하다.

평생 네 행복 하나만을 바라며 살았거늘,

말라비틀어진 젖꼭지 파고들던 손주 녀석 보고픈 것 쯤이야

마음 한 번 삭혀 참고 말지.

혹여 에미 혼자 버려두었다고 마음 다치지 마라.

네 착하디착한 심사로 에미 걱정에 마음 다칠까 걱정이다.

삼시 세끼 잘 먹고 약도 잘 먹고 있으니

에미 걱정일랑은 아예 말고 네 몸 건사 잘하거라.

살아생전에 네가 가난 떨치고 잘사는 걸 볼 수만 있다면 나는 지금 죽어
도 여한이 없다.
행복하거라, 아들아.
네 곁에 남아 짐이 되느니 너 하나 행복할 수만 있다면
여기가 지옥이라도 나는 족하다.

자신은 지옥에서 살더라도 자식만큼은 지상의 행복을 누리기 바라는
사람이 엄마더라. 젊은 날에 기품있고, 예쁜 것 좋은 것만 찾았는데, 자
식 때문에 그 모든 걸 놓고 사는 게 엄마들이다. 아는 후배가 엄마의 처
녀 때 사진을 보고 이런 말을 했다.

"우연히 엄마 젊을 때 사진을 봤는데, 세상에 롱치마에 하이힐 샌들을
신고 있는 거예요. '이게 우리 엄마 맞아?' 싶었어요. 엄마도 유행 옷만
입었다는 게 신선했어요. 그땐 참 고우셨는데, 지금은 할머니나 입는
통 큰 바지와 오천 원짜리 시장표 가방을 매고 다니지를 않나. 마음이
짠해요. 이래서는 안 되겠더라고요. 주말에 함께 쇼핑 나가려고요."
내 귓가에 울리는 그녀 목소리가 맑은 날 바다소리처럼 상큼하고 기분
좋았다.
자식 앞에 많은 것을 포기하는 게 부모지만, 마음 한편으로는 자신의
품위를 지키고 싶은 게 사람의 마음이다. 엄마라고 왜 그런 욕망이 없
겠는가. 그러니 먼저 엄마의 숨은 마음을 헤아려 보자.

Sommerabend. Radierung, Heinrich Vogeler, 1900

29. 영화 관람하기
평범한 하루를 색깔 있게

텔레비전에서 〈명화극장〉을 할 때마다
나는 큰 소리로 엄마를 불렀다.
"엄마, 텔레비전에서 '애수' 한다!"
"아, 예쁜 비비안 리랑
로버트 테일러가 나오는 영화구나."
"엄마, 어떻게 배우 이름을 그렇게 다 알아?"
"처녀 때 본 영화들이라 그렇지."

나는 엄마 입에서 줄줄이 나오는 영화배우 이름이 신기했다. 내가 영화
라는 것을 처음으로 인식한 것은 대략 일곱 살 때쯤으로 기억한다.
옛날 우리 집은 ㄱ자 기와집이었는데, 안방에 연결된 다락방에는 영화
팸플릿들이 가득했다. 모두 엄마가 모아둔 것이었다.
집안이 기울어 생계 가장이 되신 후부터는 좋아하던 취미마저 모두 잊
고 사셔야 했다. 엄마는 영화 볼 시간도 없이 나이 드셨다. 어릴 때 이후
엄마랑 영화관 한 번 가본 적이 없다는 깨달음이 또 가슴을 할퀴고 있
다. 내 불효를 실토하자면 한도 끝도 없고, 미안함을 말하자면 며칠은
밤을 새워야 할 것이다.
잠시 열어 놓은 창문으로 차 소리 바람소리 들린다.
엄마 덕에 나도 영화광이 되었다. 엄마와 영화 이야기도 자주 나누었는

데, 영화 얘기만 하면 엄마의 눈빛은 더욱 빛났다. 사춘기 때는 영화배우 책을 구입하고 영화배우 사진까지 사서 방을 도배할 정도였는데, 엄마에게 영화는 쳇바퀴처럼 돌아가는 일상에 단추만한 구멍을 뚫어 감미로운 바람을 불어주는 일이었으리. 공연도 좋고 전시회도 좋다. 엄마든 당신이든 무기력한 상태에 빠졌을 때 기분을 바꾸기 위해 외출한다면, 무엇보다 영화 보는 일이 활력을 더해줄 수 있을 것이다.

Liebe , Heinrich Vogeler, 1896

30. 리마인드 웨딩 올려주기
사랑을 리필해 드립니다

"이제 키스 그만하세요."
"신부, 너무 예쁜 척하지 말고요."
제자 결혼식장에서 들은 사진사의 말이다.
북적거리던 축하객들이 일시에 웃음꽃을 피웠다.

참 부럽고 예뻤다. 사랑과 결혼은 자신의 단점을 버리고 장점을 키워가려는 두 남녀가 서로를 기꺼이 섬기려는 마음의 결단이다. 함께함이란 상대를 이해하고 따뜻하게 감싸 안는 의리이며 능력이다.

문득 엄마의 웨딩 드레스가 떠올랐다. 엄마의 드레스를 처음 봤던 한옥집 다락방. 작은 창으로 쏟아져오는 햇살 속 먼지조차 은은한 매력으로 배인 그곳, 엄마의 웨딩드레스가 담긴 상자가 있었다. 그 우아한 웨딩드레스를 입고 찍은 부모님의 결혼식 사진. 결혼사진과 오버랩 되어 아버지 말씀이 들려온다. 엄마가 돌아가시기 두 해 전 과일을 깎으시던 아버지가 말씀하셨다.

"네 엄마랑 20년만 더 살면 좋겠는데…… 엄마가 너무 아파서 속이 타는구나."

"아버지, 그래도 엄마가 좋으시죠?"

"그럼, 최고지."

아! 최고란 말씀에 부부의 정이란 바로 이런 거구나 하는 깨달음이 들었다. 그렇게 많이 다투고 파란만장한 일들이 많았는데, 그 파란만장은 파란만장을 만들어 부부는 무덤까지 같이 가는가보다.

지금은 나홀로 족이 비혼식을 열기도 하고, 연애결혼과 이혼도 많아졌다. 하지만 불과 30년 전만 해도 부모님이 정해준 사람과 데이트 몇 번만에 결혼하는 경우가 많았다. 심하게는 결혼식 당일에 신랑 얼굴을 처음 봤다는 신부도 있었다. 내 후배의 부모님이 그랬다.

"저희 엄마는 결혼식 때 아빠 얼굴을 처음 봤대요. 그 전에는 사진으로만 봤고요. 워낙 시골이었으니까요. 엄마가 그러더라고요. 결혼식 당시에는 워낙 어렸고 경황없이 식을 치러서 추억에 남을 만한 것이 없다고요. 그래서 부모님 결혼 30년 기념으로 리마인드 웨딩을 시켜드리려고요."

"리마인드 웨딩?"

그러고 보니 요즘 들어 리마인드 웨딩을 하는 부부가 늘었다는 얘기를 잡지나 뉴스를 통해 들은 적이 있다. 물론 황혼이혼도 많지만 말이다. 리모델링 아파트가 있듯 리마인드 웨딩도 괜찮겠다는 생각이 들었다. 그녀가 원하는 방식은 그동안 살아온 부부의 사진과 이야기를 담은 비디오를 가족과 지인들에게 보여주고, 즐거운 얘기와 조언을 구하는 자리를 여는 것이다. 나도 중년에 들어서야 이런 형식이 참 중요하다고 생각한다. 보통 청소년들이나 젊은 친구들은 사랑과 연애 감정이 자기

세대만 있는 줄 안다. 하지만 나이가 들어서도 사랑을 꿈꾸고, 사랑의 감정 역시 젊은 한때가 아니라 평생 지속된다. 60대의 한 아줌마도 첫사랑인 남편과 결혼해 40년을 살았는데도 이런 말을 했다.

"아직도 남편이 집에 들어오면 가슴이 떨리도록 좋아요."

이렇게 감정이 늙지 않고 순수한 소녀의 감성을 지닌 이들도 많다. 그렇게 인생과 사랑 앞에 설렘을 간직하며 사는 일, 얼마나 멋진가!

리마인드 웨딩은 사랑을 다시 찾고 다시 다지는 일이다. 영혼에 활기를 불어넣는 일이다.

부모님이 더 늙어 거동하시기 힘들기 전에 리마인드 웨딩 시켜 드리기. 분명 훨씬 더 건강하고 아름답게 사실 것이다.

잠시 잔디에 앉아 수첩에 꽂아둔
고운 엄마 사진을 펼쳐 보았다.
단아하고 은은한 빛이 넘치는
이 시절 엄마 모습이 나는 참 좋다.

에.필.로.그

엄마, 이제 웃어요

> "엄마, 화나고 슬프고 외로우면 나한테 말해.
> 내가 도와줄게. 내가 웃겨줄게.
> 내가 얼마나 웃기는데."

오래 전 깊은 감동을 준 딸의 일기가 내 안을 환히 비추었다. 내 딸, 서윤이의 말이 살아갈 힘을 준다. 자식 키우기가 힘들지만 딸을 통해 추억이 되살아나 메아리칠 때마다, 나는 작지만 알토란 같은 기쁨을 맛본다. 딸을 통해 인생을 두 번 사는 것 같다. 우리 엄마도 그랬을까. 나는 엄마를 웃게 해주는 딸이었을까. 세상에서 가장 빛나는 기쁨은 '어머니의 웃음'이다. 좀 더 웃게 해드릴 걸. 예쁜 미소 지켜 드릴 걸. 내가 좀 더 일찍 이 책을 썼더라면 책에 담긴 서른 가지 사랑법을 펼치며 식구들과 엄마랑 좀 더 행복했을 텐데. 엄마 사진을 찬찬히 보며 다시 씨익 웃었다. "이제 엄마가 웃으세요."

엄마는 벚꽃처럼 향기롭게 웃었다. 그렇게 느껴졌다. 함께 웃는 이 순간. 인생이 더욱 고맙다. 온 세상, 온 생명이 고맙고 내가 살아 있는 것이 즐겁다. 함께 살아 있을 때 더 많이 웃기를, 무조건 행복하기를 바란다.

세계 엄마 시의 초대

내 불쌍한 어머니께

또한, 내 불쌍한 어머니께 드린다.
여주인이신 성모마리아께 기도드리기 위해
어머니는, 나로 인해, 쓰라린 고통을 당하셨고,
신께서 아시듯, 무수한 슬픔 또한 겪으셨다.
-가혹한 재앙이 내게 밀려들 때면,
내 몸과 마음의 피난처 삼을 곳이라고는,
나 다른 성도 성채도 없으니,
오직, 불쌍한 여인, 내 어머니뿐이라-

                                        비용

엄마가 아들에게 주는 시

아들아, 너도 돌아서지 마라.
계단 위에 주저앉지 마라.
왜냐하면 넌 지금
약간 힘든 것일 뿐이니
너도 곧 그걸 알게 될 거야
지금 주저 앉으면 안된다
왜냐하면 애야, 나도 아직
그 계단을 올라가고 있단다

랭스턴 휴즈

내가 태어날 때

내가 태어날 때
엄마는 말씀하셨다
네 안에 신이 계셔
그분이 춤추는 걸 느낄 수 있니

　　　　　　　　루피 카우르

Odilon Redon

아내

　　　"아내"

그 바보스런 말의 울림

　　"지우개
　　란 말과 닮았지

마침 비슷한 말의 무게

　　　　　　　에쿠니 가오리

어머니의 기도

아이들을 이해하고
아이들의 말을 끝까지 들어주고
묻는 말에 일일이 친절하게
대답할 수 있도록 도와주소서.

면박을 주는 일 없도록 도와주소서.
아이들이 우리에게 공손히 대해 주기를 바라듯
우리가 잘못했다고 느꼈을 때
아이들에게 용서를 빌 수 있는 용기를 주옵소서

아이들의 잘못에
창피를 주거나 상처주는 말을 하지 않게 도와주시고
아이들에게 잔소리를 하지 않게 하여 주옵소서.

캐리 마이어스

엄마를 부르는 동안

엄마를 부르는 동안은
나이 든 어른도 모두 어린이가 됩니다

밝게 웃다가도 섧게 울고
좋다고 했다가도 싫다고 투정이고
변덕을 부려도 용서가 되니 반갑고 고맙고 기쁘대요

엄마를 부르는 동안은 나쁜 생각도 멀리 가고
죄를 짓지 않아 좋대요

세상에 엄마가 없는 이도 엄마를 부르면서
마음이 착하고 맑아지는 행복
어린이가 되는 행복

이해인 수녀

경전

화장실 물컵 속에 어머니
빛바랜 분홍빛 세월
엎질러진 보석마냥 빛난다

부엌 구석에 앉아
생선을 다듬으며
나를 짊어지고 다니셨다
평생 새벽 기도 다니시며
쉴 줄 모르다 걸린 골다공증
손가락 마디마디 쪼그라든 관절염

화장실 물컵에 들어 있는 어머니

빛나는 틀니
팔만대장경의 깊고 검은 빛
은박지 성경처럼 빛난다

김응교

어머니의 감자

어머니는 감자를 깎는다
내가 태어나기도 전부터
감자를 깎아 항아리에 담근 어머니
앙금을 내려 떡을 빚으면
떡을 빚으면
대관령 호랑이도 내려온다고
떡을 먹지 않는 호랑이도 굶지 않는다고
어머니는 감자를 깎는다
감자꽃빛 새벽별이 머리 위에 빛날 때
치성 올려
내 안에 앙금을 내리고 있다
내 안에 별빛을 내리고 있다

윤후명

Woman Peeling Potatoes, Vincent van Gogh, 1885

가지 않은 봄

늙은 사진사가 어둠을 감자
세상 가장 환한 햇살이 한꺼번에 터졌다죠

수줍게 웃던 어머니는, 깜짝 놀라
햇살 속에서 한없이 부풀고
아직도 처녀적마냥 숨이 차오른다 했죠
오래된 가지에 다시 오르는 꽃망울처럼

살구꽃잎 타고 흐르던 노란 나비
너푼너푼 노닐다가 어느 햇살에 몸바꿔
내 어머니 되었나요.

봄햇살 양수처럼 흐르고
다시 꽃잎이 날리면, 나는
늙은 사진사가 감은 어둠속에 숨어 들어가
어머니에게 연애나 한번 걸고 싶어지죠
그만, 봄햇살 처녀로 놓아주고 싶어지죠.

김병호

곁에 누워본다

달빛이 곤히 잠든
엄마 등을 적실 때
그냥 엄마 하고 부르고
싶을 때가 있다
부르지는 못하고
그냥 곁에 누워본다

곁에 가만히 누워 곁에
혼자 자고 있는
강아지를 바라보다
너에게도 엄마가 있었구나
또 자리를 옮겨
그 곁에 누워본다

문동만

수저와 어머니

어머니가 식탁에서 수저를 떨어뜨리면
어머니가 그것을 주워 드신다
내가 식탁에서 수저를 떨어뜨리면
어머니가 다시 그것을 주워 주신다
내가 부주의하게 떨어뜨린 수저의 개수만큼
허리를 굽히신 어머니

이선영

엄마

오늘은 땅에서 별이 떴어요
별빛을 따라 가면
거기에 마흔 살 엄마가 서 있지요
영가등보다
새 하얀 웃음을 짓고 있지요

홍용희

그날엔

갖고 싶은 것 다 가지고 사는 사람 있는가
내 어머니의 연탄구멍 같은 교훈이 석유난로 위에서 김을 낸다
오랜만에 숭늉이 끓는다
어머니의 어머니는 딸을 두고 일찍 재가하셨고 그 잘난 구멍 속으로
발을 들여놓으셨다
구멍만을 디디고 이 길까지 오신 어머니는 온통 세상이 혼자뿐인 것
같아 자식 스물을 꿈꾸셨지만 결국은 구멍에다 나를 빠뜨리셨다
생명이 바람이 내어준 길을 따라 코를 열고 바빠할 때 난 듣는다
또 숭늉 끓이는 소리와 탄식은 탄식을 낳는다는 소리를

갖고 싶은 것 다 가지고 사는 사람 있는가
어머니는 살아 계시지만 그 말을 어머니의 살아 계시게 하는 유언이라
믿는다
세상의 문이 고쳐져 더 많은 사람들이 들어오기까지 갖고 싶은 것 다
갖고 살지 못한다
나는 영영 태어나지 않을 부자가 되어 무섭게 떠돈다

땅이 사람 가슴 안에서 얼마나 여러 번 쪼개어지는가를 본다
어머니가 내 그림자를 연인처럼 사랑하다 그만 들킨 듯 웃으시는 걸 본다
그날엔

이병률

곡우 穀雨

그때 처음 수돗물을 틀어놓고 울었다
오래 저장된 눈물이 있다는 듯

잠든 아버지 파리한 얼굴을 바라보다
숨 막히는 병실에서 나와 복도에서
숨을 몰아쉬었을 때 정말 아무렇지 않았다
농사는 때를 놓치면 안 된다며
어머니 없이 입원한 아버지
아버지 없이 못자리를 해야 하는 어머니
통화중에 잠시 머뭇거렸더니

니 아부지 죽는다냐?

저물녘인데, 다 때가 있는 것인데
갑자기 울컥거렸고 몹시 요란했다
정말 아무렇지 않을 줄만 알았다

윤석정

울 엄마 시집 간다

해가 설핏 넘어갔는데도 우째 이리 눈이 부실꼬, 너그 고모들은 휴가 나
왔으면 가만히 앉아서 쉬기나 할 요량이지, 저래 물에 들어가 나올 생각
을 안 하니 내사 모를 일이다, 처녀 적에도 고디 잡으러 간다꼬 나서서
저물도록 집에 안 들어와 맘고생을 시키더만, 너그 할아부지는 큰 애기
들이 싸돌아댕긴다꼬 울매나 성화였는지, 하이고 물팍이 쑤시서 좀 앉
아야 쓰것다, 하눌이 온통 단풍 들었구나

구야, 니 고디가 새끼를 우째 키우는지 아나, 고디는 지 뱃속에다 새끼
를 키우는 기라, 새끼는 다 자랄 때꺼정 지 어미 속을 조금씩 갉아묵는
다 안 카나, 그라모 지어미 속은 텅 비게 되것제, 그 안으로 달이 차오르
듯 물이 들어차면 조그만 물살에도 견디지 못하고 동동 떠내려간다 안
카나, 연지곤지 찍힌 노을을 타고 말이다, 그제사 새끼들은 울엄마 시집
간다꼬 하염없이 울며 떼를 쓴다 안 카나, 울엄마 시집간다꼬—, 울엄마
시집간다꼬—

신철규

Korean Bride, Elizabeth Keith, 1938

두 사람

떨어지는 꽃잎은
내용을 몰라도 아름답지

손바닥에 적은 생각

머리가 센 엄마는 콩나물 머리를 따고
나는 옆에서 물기를 턴다

옆에서 강아지는 엄마와 나를 본다
이 풍경이 영원할 거라고 믿는다는 듯이

두 사람의 인생은
두 개의 부드러운 폭탄을 쥐고 걸어가는 일 같아

강아지의 머리를 두 손으로 감싼다
부활절 계란처럼 따뜻하다

주민현

처음의 맛

해가 지는 곳에서
해가 지고 있었다

나무가 움직이는 곳에서
바람이 불어오고 있었다

엄마가 담근 김치의 맛이 기억나지 않는 것에 대해
형이 슬퍼한 밤이었다

김치는 써는 소리마저 모두 다를 수밖에 없다고 형이 말했지만
나는 도무지 그것들을 구별할 수 없는 밤이었다

창문이 있는 곳에서
어둠이 새어나오고 있었다

달이 떠 있어야 할 곳엔
이미 구름이 한창이었다

모두가 돌아오는 곳에서
모두가 돌아오진 않았다

임경섭

거미줄

거미와 새끼 거미를 몇 킬로미터쯤 떨어트려놓고
새끼를 건드리면 움찔
어미의 몸이 경련을 일으킨다는 이야기,
보이지 않는 거미줄이 내게도 있어
수천 킬로 밖까지 무선으로 이어져 있어
한밤에 전화가 왔다
어디 아픈 데는 없냐고,
꿈자리가 뒤숭숭하니 매사에 조신하며 살라고
지구를 반바퀴 돌고 와서도 끊어지지 않고 끈끈한 줄 하나

손택수

선산에 있는

집을 나간 엄마를 쫓아간 개가 오지 않자
산마다 개가 쑤셔놓은 곳을 찾아 다녔다
솜이불을 가져와 땅속에 늘어놓았다
새끼와 그것에 누워 구름처럼 엉키어 잤다
엄마가 오면 우리는 흙을 털고 집으로 간다

이서하

At Breakfast, Carl Moll, 1903

Mother and Child, Ferdinand Hodler

La Becquée, Millet

Sleeping Girl and Baby with St Bernard, Arthur John Elsley

Woman with a Child on Her Lap, Vincent van Gogh, 1883

The Arabian Night, Lionel Percy Smythe, 1861   Mothers Darling Baby in Cradle, Arthur John Elsley

Young Peasant Woman with Three Children at the Window, Ferdinand Georg Waldmüller

엄마의 유언, 너도 사랑을 누려라

"딸아, 너도 사랑을 누려라."
엄마가 쓰러지기 전에 하신 이 말씀이 유언이 될 줄 몰랐다
누구든 언제 사라질지 모르니 사랑을 누려라
일만 하지 말고, 열애의 심장을 가져라
누구나 마음속엔 심리 치료사가 있단다
심리 치료사가 바로 사랑이다
많은 것을 낫게 하고 견디게 하고
흩날리고 사라지는 삶을 위로하고 치료한다

"딸아, 너도 사랑을 누려라."
사랑 안에서 고양이 같은 민감한 지혜를 배우고
타인을 위해 나 자신 내려놓는 법을 익히고 즐거워하라
웃음 샴페인을 터뜨리고 인생 신비의 동굴을 찾고
눈, 비, 빛과 바람… 셀 수 없이 많은 축복을 누려라
살아 있는 최고의 희열감에 젖고, 느낌을 메모하렴
메모라도 안 하면 그날은 없다 아무것도 없다

인생의 회전목마는 성공과 명성의 기둥을 도는 듯하지만
수천만 원 지폐나 명품이 아니라 만지고 보여진 즐거움만이 아니라

사람은 사랑으로 강해지고 사랑의 능력 속에서 커 간다
혼자 살 수 없는 우리는 사랑으로 특별한 사람이 된다

바다가 배를 만나 너울거리듯
사내와 여인이 만나 아이를 낳고
폐허를 다시 세워 사람을 부르고
마음이 마음에게 전하는
영혼이 영혼에게 전하는
따뜻한 배려의 말로 힘겨운 나날을 견디는 인생
함께 있는 장소를 가장 아름다운 장소로 만들고
함께 있어 가장 평온한 들판이 되어 주어라
이 세상에 당연한 건 하나도 없고
같은 순간은 다시 돌아오지 않는단다
다시 못 만날 때를 생각하며 사랑해라
영영 다시 못 만날 때가 오니 깊이 사랑해라

"딸아, 너도 사랑을 누려라."

신현림

어머니가 쓰라린 나를 안아주셨다

청청한 강물에 나를 비추어도 얼굴이 보이지 않아 강속으로 들어갔다
검게 이끼 낀 내 얼굴 찾아 헤매다 강바닥에 쓰러진 어머니를 보았다
수십년
노을 같은 밥을 짓느라 눈앞이 캄캄해진 어머니
백내장 수술로도 세상이 보이지 않아
강바닥을 방바닥으로 알고 오신 어머니
쓰라린 어머니가 나를 안아주셨다

딸아, 네 얼굴이 쓸쓸해서 빵처럼 뎁혀놓았단다
딸아, 네 얼굴이 이제 햇빛 날리는 은쟁반이구나
 뜨거운 어머니 가슴이 제 얼굴이에요

기차 소리 나는 강물 위로 어머니 그림자 내 그림자
하얀 열무 꽃처럼 떠올라 둥둥 떠올라
꽃가루 흐르는 오월의 강물 위로

신현림

"BTS세대와도 통할 언제 어느 시대에 읽어도 뜨거울 청춘의 명작" 평을 받는『지루한 세상에 불타는 구두를 던져라』이후 창작과 비평사에서 떠오른 신인으로『세기말 블루스』의 폭발적인 인기는 베스트셀러 1위, 스테디셀러가 되기도 했다.

사진작가이며 시인으로 시적 성장을 눈여겨볼만한 시집『사과꽃 당신이 올 때』의 2부「사과꽃 진혼제」는 사진전도 열었다. 이 시집은 에코페미니스트로서, 아니 그 이름 너머 한국인의 정체성과 꿈과 절망, 오늘의 고뇌를 담았다. 이 깊고, 아름다운 시집은 "시적 원숙함이 시로 접근할 수 없었던 영역까지 '시적인 것'으로 탈바꿈시킨 확장성 – 문화평론가 김남석"을 보여 주었다.

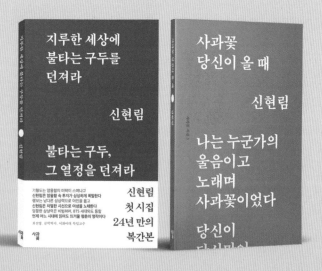

사과꽃 현대시 읽기를 펴내며

좋은 시는 우리가 잃어버리기 쉬운 휴머니즘과 여린 감수성, 그리고 최후의 도덕성을 지킬 양심과 죄의식까지 비쳐낼 거울이다. 세속화에 대항하여 시대정신을 정직하게 품고, 어떤 자본의 논리도 뛰어넘는다. 그래서 시 쓰기의 순정과 초심 속에 미학적인 완성도를 높인 시만이 남는다. 이 진실을 가슴에 새기고 <사과꽃 현대시 다시 읽기>는 정성 다한 시집들을 선보일 것이다. 세계 현대시와 그 속의 단단한 한국시로 성장하기 위하여 최선을 다할 것이다.

● 사과꽃 시선을 펴내며

초현실주의세계시선
세계페미니즘시선
세계사랑시선
세계청소년시선
(근간)

■ 한국 대표시 다시 찾기 101

첫 치마	님의 침묵	쓸쓸한 길	모든 죽어가는 것을 사랑해야지	거리 밖의 거리
김소월	한용운	백석	윤동주	이상

매화향기 홀로 아득하니	정든 달	목마와 숙녀	정선 아리랑	애인의 선물
이육사	김영랑	박인환		김명순

▲ 사과꽃 에세이 선집

◆ 사과꽃 사진집

나혜석, 김기림, 오장환
(근간)
아무것도하기싫은날
(근간)

엄마 계실 때 함께 할 것들

10쇄 이후 특별판

1판 1쇄 인쇄	2019년 4월 22일
1판 1쇄 발행	2019년 4월 25일
지은이	신현림
펴낸이	신현림
펴낸곳	도서출판 사과꽃
	서울 종로구 옥인길74 (3-31)
이메일	abrosa7@naver.com
facebook	@7abrosa
instagram	hyunrim_poetphotographer
	shinhyunrim_poetphotographer
전화	010-9900-4359(010-7758-4359)
등록번호	101-91-32569
등록일	2012년 8월 27일
편집진행	사과꽃
표지 디자인 에디터	신현림
내지 디자인	강지우
인쇄	신도인쇄사

ISBN	979-11-88956-14-2 (03800)
CIP	2019015157

값 13,800원